KB123783

로크미디어가
유혹하는
재미있는 세상

만렙 닥터 리턴즈 9

2022년 8월 10일 초판 1쇄 인쇄
2022년 8월 16일 초판 1쇄 발행

지은이 13월생
발행인 김정수 강준규

기획 이기헌 왕소현 박경무 강민구 조익현
책임편집 주현진
마케팅지원 이원선

발행처 (주)로크미디어
출판등록 2003년 3월 24일
주소 서울시 마포구 성암로 330 DMC첨단산업센터 318호
Tel (02)3273-5135 **편집** (070)7860-2726 **Fax** (02)3273-5134
홈페이지 rokmedia.com **E-mail** rokmedia@empas.com

© 13월생, 2022

값 8,000원

ISBN 979-11-354-7889-5 (9권)
ISBN 979-11-354-7400-2 04810 (세트)

만렙닥터

13월생 현대 판타지 장편소설 ◇ 9

리턴즈

Contents

기적

"무슨 일이야?"

정직한 과장이 깜짝 놀라 물었다.

"3100이, 3100이 사, 사라졌습니다! 어떡하죠?"

당황했는지 김 교도관은 눈만 깜박거릴 뿐이었다.

"뭐라고? 그게 무슨 개소리야? 3100이 왜 사라져? 좀 전에 배탈 나서 화장실 간다고 했잖아?"

정직한 과장이 버럭거렸다.

"저, 저도 잘 모르겠습니다. 화장실에 들어가는 것까진 확인했는데…… 어, 없어졌어요! 분명 같이 있었는데."

당황한 김 교도관이 말을 더듬거리며 어쩔 줄 몰라 했다.

웅성웅성.

"범식 아저씨가?"

"설마, 그럴 리가 없어. 절대! 아저씨가 얼마나 합창 대회에 나오고 싶어 했는데."

"시팔! 내가 그 인간, 언젠가는 사고 칠 줄 알았어. 내가 그럴 줄 알았다고!"

쾅, 강민우가 분을 참지 못하고 주먹으로 벽을 내리쳤다.

김범식이 사라졌다는 김 교도관의 말에 아수라장이 되어 버린 대기실이었다.

"침착해! 차근차근 말해 봐. 김 교도관, 경비는 제대로 선 거야?"

정직한 과장이 패닉에 빠진 김 교도관의 어깨를 붙잡으며 진정시켰다.

"아, 그게……. 아이씨, 그게 제가 실수를 했습니다."

김 교도관이 입술을 잘근거리며 말을 잇지 못했다.

"김 교도관! 정신 똑바로 차리고, 내 눈을 똑똑히 봐. 어떻게 된 거야? 무슨 실수를 했다는 거야?"

"그게, 실은 저도 아침 먹은 게 얹혔는지 배가 너무 아파서 3100 옆 칸에서 볼일을 봤는데, 그사이에 사라진 것 같습니다. 제가 볼일 보면서 계속 말을 붙였거든요. 그땐, 꼬박꼬박 대답도 했는데, 이게 어떻게 된 일인지 모르겠습니다."

김 교도관이 발을 동동 구르며 어쩔 줄 몰라 했다.

"그래, 알았다. 일은 이미 벌어진 거고, 지금부터 찾아보면 돼."

"교도소에 알려야 하는 것 아닙니까?"

"아니, 그랬다간 합창 대회고 뭐고 모두 나가리야. 게다가 지금은 교도소 평가 기간이잖아. 이 사실이 알려지면 우린 감당 못 한다. 아마, 나가도 멀리 가진 못했을 거야. 반드시 찾아야……."

"찾긴 뭘 찾습니까?"

"어! 범식 아저씨!!"

김범식이 대기실로 들어오자 콩콩이 삼총사가 그에게 달려갔다.

"너, 너 뭐야?"

"뭐긴 뭡니까? 화장실에서 일 보고 나온 것뿐인데."

김범식이 배를 문지르며 인상을 썼다.

후우~~.

"야이 씨! 3100 너 때문에 간 떨어지는 줄 알았잖아! 십년 감수했네. 나, 오만 잡생각이 떠올라 죽는 줄 알았어! 죽고 싶냐, 이씨!"

그때서야 김 교도관이 안도의 한숨을 내쉬며 진압봉을 집어 들었다.

"됐어, 왔으면 된 거지, 뭐. 수감자와 함께 외출할 경우, 반경 1미터를 벗어나면 안 된다는 수칙을 어긴 건 너야."

정직한 과장이 들어 올린 김 교도관의 팔을 잡아 내렸다.

정 과장도 약간 화가 난 것처럼 보였는데, 역시나 금방 감정을 가라앉히고 상황을 수습했다.

"아니 그게, 화장실 옆 칸은 1미터도 안 되잖아요!"

"됐고! 이 사람들 연습해야 하니까, 나가서 경비나 잘 서."

"네에, 알았습니다."

"3100, 봐주는 것도 이번이 마지막이야, 조심해."

정직한 과장도 내심 불편한 부분이 있었는지, 김범식에 대한 경고를 잊지 않았다.

"네."

그렇게 김범식이 대답한 뒤에야, 김 교도관이 김범식을 째려보며 밖으로 나갔다.

"여러분! 김범식 아저씨도 오셨으니, 각자 개별 파트 연습할게요. 먹깨비 씨, 자꾸 가사 까먹더라고요! 조심하시고, 우리 콩콩이 삼총사 코러스 들어갈 때, 음정 처지지 않도록 주의해 줘요! 그런 거 전부 감점 요인이거든요!"

짝짝, 미연이가 손바닥을 치며 합창단원들을 독려했다.

"네, 누나!"

"아씨, 뭐 먹을 거 좀 없어요? 전 배고프면 자꾸 가사를 까먹는단 말이에요."

먹깨비 김형돈이 배를 문지르며 볼멘소리를 냈다.

"여기 있어요, 초콜릿! 이거 먹으면 시장기는 좀 가실 거예요. 긴장도 풀리고."

"감사합니다!"

김형돈이 미연이가 준 초콜릿을 받아 입에 넣고는 우적거렸다.

"당신, 만약에 안 돌아왔으면, 내 손에 죽었어. 알아?"

강민우가 달려가 김범식의 목덜미를 움켜쥐었다.

"왔잖아. 이거 놓지, 목 졸리는데?"

"그래, 아무튼 이번 합창 대회 끝나고 보자. 가만두지 않을 테니까."

"그러시든가."

김범식이 대수롭지 않다는 듯이 피식거렸다.

"3742! 그만해라. 사람마다 다 사정이 있는 거지."

"네에."

정직한 과장이 끼어들고 나서야 강민우가 눈에서 힘을 풀었다.

"난 나가서 소장님한테 상황 보고하고 올 테니까, 연습들하고 있어."

그렇게 정직한 과장이 핸드폰을 들고 밖으로 나갔다.

그러고 잠시 후.

흥얼흥얼, 각자 연습이 한창이던 그때였다.

억!

김범식이 짧은 외마디 비명 소리와 함께 바닥에 쓰러지고 말았다.

"아악! 아저씨!"

김범식을 제일 먼저 발견한 미연이가 그에게 달려갔다.

그녀의 비명 소리에 대기실에 있던 모든 합창단원의 시선
이 김범식에게 쏠렸다.

입에 거품을 물고 바닥에 쓰러진 김범식. 두 다리를 바둥
거리며 꽈배기처럼 몸을 비틀었다.

"잠깐만요! 가만! 가만 놔두세요. 뇌전증일 가능성이 있습
니다. 제가 볼게요!"

난, 김범식을 일으켜 세우려는 미연을 만류했다.

"네에, 선생님!"

경직된 근육, 경련을 일으키며 흔들리는 팔과 다리. 게다
가 한곳만을 응시하는 시선에 파르르 떨리는 눈썹까지.

전형적인 뇌전증 증세였다.

"저기 형돈 씨, 저 소파 위에 물건들 치워 주시고, 민우 로
커님은 저를 좀 도와줘요. 범식 씨 눕혀야 할 것 같아요."

"네, 알겠습니다."

그렇게 나와 강민우는 김범식을 소파에 눕혔다.

그다음은 응급조치.

옷을 느슨하게 풀어 주고 김범식의 입속에 가득 찬 거품을
제거한 다음에, 고개를 옆으로 돌려 기도 폐쇄를 막아 주면
대개 2~3분이면 의식이 돌아온다.

일반적인 뇌전증이라면.

"김윤찬 선생, 무슨 일이야!"

쾅! 대기실 안에서 요란한 소리가 들리자 정직한 과장이 안으로 뛰어 들어왔다.

"김범식 씨가 쓰러졌습니다."

"왜? 무슨 일인데? 멀쩡했던 사람이 갑자기 왜 쓰러진 건데?"

정직한 과장이 누워 있는 김범식에게 시선을 돌렸다.

김범식은 여전히 한곳만을 응시한 채 의식이 없었고, 간혹 팔다리만 부르르 떨 뿐이었다.

외관상으로는 분명 뇌전증이 틀림없었다.

"김범식 씨 손대면 안 됩니다. 너무 걱정하지 마십시오. 괜찮을 겁니다. 좀 쉬면 나아질 거예요."

난 양손을 펼쳐 보이며 정직한 과장을 안심시켰다.

"그래? 정말 괜찮은 거야? 아무 문제 없는 거지?"

"네, 제 판단으로는 그렇습니다. 근데, 김범식 씨가 원래 뇌전증이 있었습니까?"

"뇌전증? 그게 뭔데?"

"네, 흔히 사람들이 간질이라고 부르는 병요."

"아니, 그건 나도 잘 모르겠는데? 한 번도 이러는 걸 본 적이 없었던 것 같아."

정직한 과장이 골똘히 기억을 떠올리더니 이내 고개를 가로저었다.

"그렇군요. 아무튼, 좀 더 지켜보죠. 곧 좋아질 겁니다. 특별한 케이스가 아니면."

특발성 뇌전증이 아니라면 말이다.

"아, 알았어. 하필 이런 중요한 날에 이게 뭐야? 노래는 부를 수 있는 건가?"

하아, 정직한 교도관이 짧은 탄식을 내뱉었다.

"네, 조금만 휴식을 취하면 곧 발작은 사라질 겁니다."

"그래? 그나마 다행이군."

째깍째깍.

1분, 2분, 3분……

"아저씨! 제발!"

진순남이 양손을 모아 기도했다.

그렇게 대기실의 모든 사람이 김범식이 깨어나기만을 간절히 바라며 기도하고 있었다.

그렇게 시간이 흘러 5분이 지날 때쯤이었다.

불행히도 합창단원의 간절한 기도는 물거품이 되는 듯했다.

"서, 선생님! 범식 아저씨가 이상해요!"

시간이 지나갈수록 더욱더 심해지는 김범식의 증세, 상태가 호전되기는커녕, 김범식이 더욱더 몸을 배배 꼬아 댔다.

"잠깐만! 비켜 봐."

틱, 난 펜라이트를 꺼내 김범식의 동공을 확인했다.

"뭐야? 김 선생, 왜 그러는데?"

정직한 역시 당황한 듯 내게 물었다.

"후우, 아무래도 항경련제를 투여해야 할 것 같아요. 증세가 심한데요."

"항경련제? 그게 뭔데? 애들한테 가지고 오라고 할까?"

"아뇨, 항경련제는 여기 의무실에는 없을 거예요. 가까운 병원으로 옮기는 것이 좋을 것 같아요."

"가까운 병원? 밖으로 나가자고?"

정직한 과장이 창문을 손가락으로 가리켰다.

"네, 일단 항경련제를 투여하고 뇌파검사도 해 봐야 할 것 같아요. 혹시라도 뇌종양이나 중추신경 이상일 수도 있으니까요."

"119를 부르는 게 낫지 않겠어?"

"아뇨, 그러기엔 시간이 촉박해요. 오면서 보니깐 여기서 한 1킬로미터 정도만 나가면 병원이 하나 있더라고요."

"제일병원 말이야?"

"네, 그 병원으로 가요. 빨리요."

"아, 알았어."

"다들 그렇게 걱정할 필요 없어요. 병원에서 간단한 조치만 취하면 금방 괜찮아질 거예요."

그제야 다들 낯빛이 좀 돌아왔다.

김범식에 대한 걱정이 좀 가시자 대회가 떠올랐는지 콩콩이 삼형제가 달려와 울먹이며 물었다.

"선생님, 우리 그러면 합창 대회 못 나가요?"

"아니야. 병원에서 약 먹으면 금세 좋아질 거야. 그러니까 걱정 말고 연습하고 있어. 게다가 우리가 마지막 순번이니까 그 시간 안에는 충분히 올 수 있어."

"정말요?"

"그럼, 선생님이 약속할게."

"네, 알았어요."

"자, 과장님! 김범식 씨 제 등에 업게 도와주세요! 바로 출발하죠."

"아, 알았어."

그렇게 난 김범식을 들쳐 업은 채, 정직한 과장과 함께 대기실을 빠져나갔다.

♥

"잠깐, 잠깐! 지금 어디 가십니까?"

이미 김 교도관을 통해 소식이 전달되었는지, 늘푸른 홀 앞에 주근식 과장이 대기하고 있었다.

"보면 모르나? 지금 3100이 아프잖아!"

정직한 과장이 짜증스러운 투로 주근식 과장을 쏘아붙였다.

"아픈 건지 꾀병인지 어떻게 압니까? 그런 건 난 모르겠고, 외부 유출은 불가합니다."

"외부 유출? 지금 사람을 물건 취급하는 거야? 눈깔이 붙어 있으면 좀 봐. 다 죽어 가잖아."

정직한 교도관이 내 등 뒤에 업힌 김범식을 가리켰다.

"김 선생님, 많이 안 좋은 겁니까?"

육안으로 봐도 김범식이 상태가 좋아 보이지 않자 주근식이 물었다.

"네, 빨리 응급조치를 취해야 할 것 같습니다."

"하아, 이거 곤란한데."

"뭐야? 비키라고! 3100 잘못되면 네가 책임질 거야? 비켜!"

"후우, 잠시만요! 일단 소장님한테 보고부터 하겠습니다. 일단, 이 사람들 한 발자국도 못 움직이게 막아!"

"네, 과장님!"

정직한 과장이 선배인데도 불구하고 상황을 통제하는 건 역시 주근식이었다. 소장의 손발로 권력을 꽉 잡고 있는 주근식의 현재 위치를 잘 보여 주는 상황이었다.

그렇게 주근식 과장이 핸드폰을 들고 한적한 곳으로 자리를 옮겼다.

"과장님, 죄송합니다. 저희도 어쩔 수 없는 일이라."

정직한 과장을 막아선 게 미안했는지 교도관들이 나지막이 말했다.

"괜찮아, 너희 잘못이 아니잖아. 김 선생, 무거우니까 3100 잠깐 내려놓자고."

"네, 알겠습니다."

그렇게 나와 정직한 과장은 주근식 과장이 오기만을 기다릴 수밖에 없었다.

곧이어, 허세 소장과 통화를 마친 주근식 과장이 돌아왔다.

"소장님이 뭐라시나?"

"음, 뭐 좀 물어봅시다, 김윤찬 선생."

정직한 과장의 말을 씹은 주근식이 내게 물었다.

"네, 빨리 물어보십시오. 지금 상황이 별로 좋지 않습니다."

"3100이 어디가 아픈 거요?"

주근식 과장이 짝다리를 짚은 채로 삐딱하게 물었다.

"뇌전증입니다."

"뇌졸중도 아니고 뇌전증? 그게 뭔데요?"

"흔히 간질이라고 하는 병입니다."

난 끓어오르는 화를 억지로 꾹꾹 누르며 말했다.

"아하, 간질! 그거야 나도 잘 알지. 근데 저 새끼, 정말 간질 맞아요? 빵에선 한 번도 이런 적이 없었던 것 같은데?"

주근식 과장이 김범식을 힐끗거리며 의심의 눈초리를 지우지 않았다.

"뇌전증은 언제 어떻게 발병하는지 알 수 없습니다! 이제 됐습니까? 김범식 씨는 빨리 병원으로 옮겨야 합니다. 자칫 치료 시기를 놓치면 위험할 수 있어요. 수술을 해야 하는 최악의 상황이 닥칠 수도 있단 말입니다!"

"아니, 아니. 누가 뭐래? 그렇게 흥분하지 말고, 모든 게 다 순서라는 게 있으니까. 그러면 하나만 더 물어봅시다. 3100 없으면 노래 못 부르나요?"

주근식 과장이 눈매를 좁히며 물었다.

미치겠네. 이 인간이 인내심 테스트하나?

"네, 3100이 메인 독창 파트를 맡았기 때문에 그가 없으면 합창 대회는 포기해야 합니다. 반드시 김범식 씨가 필요합니다."

"3100 대신 다른 사람으로 대체할 순 없습니까?"

주근식 과장이 여전히 못 미더운지 입을 씰룩거렸다.

"불가능합니다. 지금까지 단원들이랑 호흡을 맞춰 왔는데, 어떻게 다른 사람으로 대체를 합니까?"

"워워! 그렇게 흥분하지 마시고. 좋아요, 그러면 응급조치를 받고 나면, 합창 대회 참가는 가능합니까?"

주근식 과장에게 김범식의 건강 상태는 안중에도 없는 듯
보였다.

다만, 합창 대회 참가가 가능하다면 허락하라는 허세 소장
의 지시가 떨어졌는지 오직 그것만 관심이 있을 뿐이었다.

"네, 지금부터 우리 합창단이 노래를 부르기까진 2시간 정
도 여유가 있으니까, 충분히 가능합니다. 지금, 과장님이 이
렇게 막고 계시지만 않는다면요! 이젠 좀 비켜 주시죠."

"후우, 그렇다면 할 수 없죠. 그러면 내가 3100을 데리고
병원으로 가겠습니다."

"뭐라고? 그럼 여기 경비는 어떻게 하려고?"

그 순간, 나와 주근식 과장의 대화에 정직한 과장의 목소
리가 끼어들었다.

"그거야 뭐, 얘네한테 맡기면 되죠. 매뉴얼대로 움직이면
되니까."

"미쳤군. 초짜 교도관들에게 전체 경비를 맡긴다고? 김범
식 하나 막자고 11명을 무방비로 놔두겠다는 건가? 그러다
가 이틈을 타 딴 맘 먹는 놈들 있으면 어쩌려고? 3549나
3777을 너무 물로 보는 거 같은데, 그놈들 사회 있을 때 나
름 한가락 하던 녀석들이야. 이런 일에는 도가 튼 타짜들이
라고! 내 말 무슨 말인지 몰라?"

사실 지금은 팀워크가 맞아 잘 지내지만, 상황이 급변하면
어떻게 될지 모를 일이다. 게다가 3549는 간혹 돌출 행동을

하는 이라 더 신경이 쓰였다.

"흐음, 알았수다. 지금부터 1시간 줄 테니까, 최대한 빨리
다녀오십시오. 더 지체되면 합창 대회고 뭐고 불상사로 간주
해 모두 엎어 버릴 거니까."

주근식이 나와 정직한 과장 그리고 누워 있는 김범식을 매
의 눈으로 훑어봤다.

"그런 일은 없을 겁니다. 그러니 길 좀 비켜 주십시오."

"알았소. 난 안 된다고 하니까, 그래도 우리 교도관 중에
한 사람이라도 붙여 놔야 할 것 같습니다."

아무튼, 조심성 하나만큼은 본능적으로 뛰어난 인간이었
다. 주근식이란 인간은.

"꼭, 그렇게까지 해야 하나? 왜 그렇게 사람을 못 믿어?"

정직한 과장의 눈가 근육이 잔뜩 뭉쳐 있었다.

"안전제일! 무탈하게 이 새끼들 데리고 귀소하는 게 제 임
무입니다. 요 앞에 제일병원으로 가실 거죠?"

주근식 과장 역시 이 지역 정보를 꿰뚫고 있었다.

"그래."

"오케이! 어디 보자, 누가 같이 가는 게 좋으려나……."

"제가 가겠습니다."

주근식 과장이 좌우로 정렬해 있는 교도관들을 훑어 내리
자 나진국 교도관이 손을 번쩍 들었다.

"나 교도가 가려고?"

"네, 제가 같이 가겠습니다. 3100은 지금까지 제가 맡아 왔으니까요. 끝까지 제가 책임지겠습니다."

"음, 좋아. 그러면 나 교도가 같이 가. 무슨 일 생기면 보고하는 건 당연하고, 10분 단위로 나한테 상황 보고해. 알았어?"

"네, 알겠습니다, 과장님!"

"정직한 과장님, 제발 무탈하게 돌아오십시오."

'제발, 무탈하지 마라.'라고 하는 듯했다.

"걱정 마, 곧 돌아올 테니까. 김윤찬 선생, 가지."

"네, 알겠습니다."

"과장님, 차까지 제가 업고 가겠습니다."

내가 김범식을 다시 들쳐 업으려 하자, 나진국 교도관이 나섰다.

"네, 고마워요."

잠시 후.

"민상기 교도! 이리 와 봐."

김윤찬 일행이 차에 탑승하자 주근식이 민상기를 향해 손가락을 까딱거렸다.

"네, 과장님."

"나, 솔직히 저 새끼들, 졸라 믿음이 안 가. 혹시라도 뭔 짓을 꾸미는 것일지도 모르니까, 민 교도가 뒤 좀 밟아 봐.

알았지?"

주근식 과장이 민상기 교도관의 어깨에 팔을 걸치며 속삭였다.

"네, 알겠습니다. 제가 확실히 미행하겠습니다."

"그래, 무슨 일 생기면 바로 보고하고."

"네, 걱정 마십시오."

차 안.

나와 나진국 교도관은 김범식을 차에 태웠다.

난 보조석, 나진국 교도관은 김범식과 함께 뒷좌석에 자리했다.

"정직한 과장님, 갑시다!"

"그래, 지금 출발할게."

부릉, 정직한 교도관이 시동을 걸고 액셀을 밟았다.

그렇게 조금씩 강원문화센터가 멀어질 무렵이었다.

어느새 한쪽으로 고정되었던 시선을 바로 한 김범식이 초조한 얼굴로 자꾸만 창밖을 내다보았다.

그리고 마침내 제일병원 앞을 지나갈 무렵이었다.

"아, 아아아악!"

김범식이 갑자기 비명 소리를 질러 댔다.

"3100! 왜 그래?"

그러자 옆에 있던 나진국 교도관이 그의 몸을 흔들었다.

"아, 아악, 머, 머리가!"

분명, 이곳에서 내려 달라는 신호였으리라.

"3100! 우리 여기서 내리지 않을 거니까, 신경 꺼."

"⋯⋯."

"너, 꾀병인 거 다 아니까, 이제 연기 그만하지?"

그렇게 제일병원을 지나칠 무렵, 정직한 교도관이 백미러를 힐끗거리더니 한쪽 입꼬리를 말아 올렸다.

"⋯⋯."

순간, 김범식의 동공이 마구 흔들리기 시작했다.

"후후후, 3100! 너 세제폭탄은 또 언제 만들어 놨냐? 아주 준비를 철저하게 했네. 안 그래?"

"그러게요."

"아무튼 김 선생은 대단해. 무슨 예지력이라도 있는 거야? 3100이 세제폭탄으로 연기할 걸 어떻게 알았던 거야?"

정직한 과장이 옆에 앉아 있는 나를 보며 미소 지었다.

"뭐, 다들 그러니까요."

난 분명히 기억한다.

단지, 미연이만 없었을 뿐, 다른 건 달라지지 않았어.

회귀 전 오늘, 김범식은 탈출을 시도했다. 오늘도 제일병원에 도착하면 틈을 노려 탈출을 감행할 계획이었을 터.

"뭐, 뭐야, 지금? 다, 당신들 다 알고 있었던 거야?"

꿀꺽, 김범식의 목울대가 꿀렁거렸다.

"그러면 우리가 모를 줄 알았어? 야, 3100! 우리나 그런 짓에 속지, 김윤찬 선생이 어디 그렇게 호락호락한 줄 알어?"

"지, 지금 무슨 개수작을 벌이는 거야? 어? 당장, 차 세워!"

쾅쾅쾅, 당황한 김범식이 뒷문을 주먹으로 내리쳤다.

"워워! 나 교도, 3100 좀 꽉 붙잡고 있어라. 지금 우리 100킬로로 달리고 있어. 저 인간 떨어지면 골로 간다?"

"네, 과장님! 3100, 과장님이 너 잡아먹지 않으니까, 얌전히 가자. 네가 원하는 데로 데려다줄 테니까."

"네? 그게 무슨 말입니까?"

"3100! 내 말 잘 들어. 너 혼자 나오면 탈옥이 되지만, 우리랑 함께 가면 특별귀휴야."

뭔 소린지 알 수 없다는 표정의 김범식. 백미러를 통해 백지장처럼 새하얘진 그의 표정을 보며 정직한 과장이 빙그레 웃었다.

"트, 특별귀휴요?"

"그래, 진짜 특별귀휴처럼 길게는 못 있고 잠시 보는 거겠만, 우리 지금 네 딸이 입원해 있는 상천병원으로 가는 중이야. 너, 원래 거기 가려고 했잖아? 아니야?"

나진국 교도관이 김범식을 보며 빙그레 웃었다.

"지, 진짜입니까?"

"그래. 이 모든 게, 과장님이랑 저기 김윤찬 선생님이 계획하신 거라고. 두 분 다 이 모든 걸 알고 계셨어."

"하하하, 아니지. 솔직히 난 꿈에도 몰랐지. 모든 건 여기 김윤찬 선생 시나리오야. 난 그저 조연에 불가한 거고. 맞지, 김 선생?"

"뭐, 그게 중요한가요? 영화가 흥행을 하느냐 마느냐가 중요하죠. 이왕 이렇게 된 거 빨리 갑시다! 시간 늦게 전에 돌아오려면."

"오케이!"

"그나저나 아까부터 누가 우릴 따라오는 것 같은데요?"

백미러를 살펴보니, 아까부터 차 한 대가 우릴 미행하고 있었다.

"후후, 주근식이 보낸 놈이겠지. 그 인간, 나름 집요한 구석이 있거든."

정직한 교도관이 대수롭지 않다는 듯이 어깨를 으쓱거렸다.

"어떡하죠?"

"뭘, 어떡해, 대충 예상한 일이잖아?"

"네, 그렇긴 하지만."

"신경 쓸 거 없어. 그러면 좀 더 밟아 볼까?"

부웅, 그렇게 정직한 교도관이 액셀을 더욱더 깊이 밟았다.

주근식 과장은 기분 나쁜 예감과 함께 전화를 받았다.

-주 과장님, 아무래도 일이 이상합니다!

정직한 과장 일행을 태운 차가 제일병원에서 멈추지 않고 계속 직진하자, 민상기 교도관이 급히 전화를 걸어 온 것이다.

"왜? 뭔데?"

-7098이 제일병원을 지나쳤습니다.

7098은 정직한 과장이 몰고 있는 차량 번호였다.

"뭐라고? 이 개새끼들! 내가 이럴 줄 알았어! 민 교도, 이 새끼들 바짝 따라붙어! 너 3100 놓치면 뒈지는 줄 알아!"

주근식 과장이 목에 핏대를 세우며 소리를 질렀다.

-네, 과장님. 지금 바짝 붙어서 추격하고 있습니다.

"그래, 절대로 놓치면 안 돼! 그리고 이 새끼들 도착하면 바로 보고하고!"

-네, 과장님.

'이 개새끼들, 내가 수작 부릴 줄 알았다니까! 내가 이것들을 가만두나 봐라. 너희들이 뛰어 봐야 벼룩이지.'

띠띠띠띠.

주근식 과장이 이번엔 핸드폰을 눌러 허세 소장에게 전화를 걸었다.

"소장님, 저 주근식입니다."

ㅡ그래. 오늘따라 웬 전화질이 이렇게 많아? 나 지금 필드 나온 거 몰라?

"네, 죄송합니다. 너무 급한 사안이라."

ㅡ뭔데?

"아무래도 3100이 수상합니다."

ㅡ수상? 그게 무슨 자다가 봉창 두드리는 소리야? 아까 아프다고 병원 간다고 했잖아?

"네, 그런 줄 알고 있었는데, 그게 아닌 것 같습니다."

ㅡ뭐, 뭐라고?? 그게 아니면 뭐라는 거야? 이 개새끼가 탈옥이라도 했다는 거야? 그럴 리가 없잖아. 정 과장이랑 같이 간다면서?

"네, 그렇긴 한데, 아무래도 뭔가 딴생각을 하는 것 같습니다. 정직한 과장이나 김윤찬이나."

ㅡ미치겠네. 알았어, 당장 교도소로 갈 테니까, 바로 보고해. 괜히 소문 퍼지면 X 되는 수가 있으니까, 교도관들 입단속시키고, 보고는 주 과장이 직접 해. 알았어?

"네, 알겠습니다. 너무 걱정 마십시오. 제가 직접 마킹하고 있으니까요."

ㅡ그래, 알았어. 아무튼, 이 쥐새끼 같은 것들, 조금이라도 낌새가 이상하면 바로 잡아 와. 합창 대회고 뭐고 다 필요 없으니까.

"네, 알겠습니다. 아무 걱정 마십시오."

허세 소장과의 통화를 끝낸 주근식 과장이 양 볼을 부풀리더니 교도관 몇몇을 가리켰다.

"나 지금 바로 출발할 거니까, 이곳은 조 주임이 맡아. 그리고 너, 너! 나 따라와."

"네."

"네."

'이것들 봐라? 나를 아주 개호구로 아나 본데. 잘됐어, 이번 기회에 아주 종합 선물 세트로 똘똘 말아 주마. 뭘 기대하든 그 이상일 것이다!'

주근식 과장이 두 주먹을 불끈 쥐었다.

❤

잠시 후, 상천병원 정문.

끼익, 3100을 태운 차가 정문에 상천병원 정문에 멈추자, 의사 하나가 마중 나와 대기하고 있었다.

"김윤찬 선생이십니까?"

"네, 그렇습니다."

"네, 4층으로 올라가시죠."

"네, 김범식 씨, 올라가시죠. 그곳에서 따님이 아빠를 기다리고 있어요."

난 김범식을 바라보며 환하게 웃었다.

"네?"

"뭘 그렇게 놀라? 네 딸, 지안이가 거기서 기다리고 있다고! 너, 지안이 만나려고 그 쇼를 다 한 거 아냐?"

정직한 과장이 환하게 웃으며 김범식의 등을 떠밀었다.

"하아, 이게 도대체 어떻게 된 건지……."

김범식은 여전히 상황 파악이 되지 않는지 표정에서 당혹감을 감추지 못했다.

끼익, 같은 시각, 김윤찬 일행을 추격하던 또 다른 차도 정문 인근에서 브레이크를 밟았다.

"지금 3100이 상천병원으로 들어갑니다."

핸드폰을 꺼낸 민상기 교도관이 재빨리 주근식에게 전화를 걸었다.

−상천병원? 거긴 왜?

"아, 그건, 저도 잘 모르겠는데요?"

−그래. 정 과장하고 김윤찬 선생은?

"네, 같이요."

−그래? 알았어. 잘 지키고 있어. 나도 곧 도착할 거니까.

"네, 알겠습니다."

−야! 밟아!

민상기가 전화를 끊기도 전에 마음 급한 주근식이 운전하고 있는 교도관을 향해 목소리 톤을 높였다.

"지, 지금 어딜 가시는 겁니까? 저, 정말 지안이를 만나게 해 주는 겁니까?"

김범식이 여전히 믿을 수 없다는 듯 말을 더듬었다.

"올라가 보면 알 것 아냐. 3100, 좀 섭섭해. 꼭 이런 식으로 했어야 했냐? 이런 식이면 합창단원들은 뭐가 돼? 너 하나 때문에 그동안에 목이 터져라 연습한 게 다 허사가 될 뻔했어. 그럼 콩콩이 삼총사 놈들은? 그 애들한테 미안하지도 않냐?"

정직한 과장의 표정에 섭섭한 기색이 가득했다.

"죄송합니다. 어쩔 수 없었어요. 딱 한 번만, 정말 딱 한 번만 우리 지안이 만날 수 있게 해 달라고 그토록 간청했는데, 절대 안 된다잖아요. 진짜 교도소에서 하라는 대로 했는데도. 게다가 요즘엔 편지조차 끊겨서……."

김범식의 말이 맞았다.

김범식은 그 누구보다 모범적인 수감 생활을 했음에도 불구하고 그 어떤 흉악범보다 가혹한 대우를 받았다.

요 근래엔 면회는 물론이고 아픈 딸아이와 연락도 편하게 못 하게 했으니 말이다. 그러는 데는 분명 무슨 이유가 있었 겠지만.

어느새 김범식의 눈두덩이가 붉어지고 있었다.

"하아, 알아. 그래도 나한테는 말을 했어야지. 꼭 이렇게 극단적인 선택을 했어야 하냐고."

"죄송합니다. 정말 죄송합니다. 그나저나 진짜, 우리 지안이 만나게 해 주는 겁니까?"

여전히 반신반의하는 김범식이었다.

"올라가 보면 알 거 아냐."

"네네, 감사합니다. 정말 이 은혜는 죽어서도 잊지 않을게요."

"시간 많이 줄 순 없을 것 같다. 아마도 너 제일병원에 안 간 거 알고 교도소는 난리가 났을 테니까."

"네, 그렇겠죠. 그나저나 저야 상관없지만, 과장님은 괜찮으시겠습니까? 저 때문에……."

"됐어. 고양이가 쥐 생각해 주냐? 그런 건 내가 알아서 할 거니까, 신경 꺼. 아! 그리고 곧 알게 되겠지만, 오늘 지안이 수술할 거다."

"네? 수, 수술이라뇨?"

"인마, 불쌍한 네 딸내미 수술해서 살려야 할 것 아냐? 넌, 진짜 일가친척도 하나 없냐? 어떻게 애를 그 모양 그 꼴이 되도록 가만 놔둬!"

아내와 사별한 김범식은 아픈 딸, 지안이 말고는 피붙이가 하나도 없는 사고무친이었다.

"지, 진짜입니까? 우리 지안이 수술할 수 있는 겁니까?"

"그래, 우리나라 최고 외과 의사가 집도할 거라니까, 너무 걱정 마라."

"미, 믿을 수가 없습니다! 정말! 감사합니다! 정말, 정말 감사합니다!"

"나보다는 저기 김윤찬 선생이 애썼으니까, 인사는 김 선생한테 해."

정직한 과장이 턱짓으로 나를 가리켰다.

"저, 정말입니까? 선생님, 감사합니다. 이 은혜를 어떻게 갚죠?"

"은혜라뇨. 그냥 뭐, 제가 할 수 있는 일을 했을 뿐입니다. 지안이를 위해서라도, 그리고 우리 드리미 합창단원을 위해서라도 이번 대회에서 꼭 1등 해 주세요. 그거면 됩니다."

"네네, 죽으라면 죽는시늉이라도 하겠습니다! 저, 정말 우리 지안이 수술하는 겁니까?"

다리가 후들거리는지 김범식이 난간을 부여잡았다.

"네, 조금 늦긴 했지만, 지금이라도 한번 해 봐야죠."

"도, 돈이 한두 푼 드는 수술이 아닐 텐데요."

"그건 걱정 마세요. 세상이 그렇게 삭막한 건 아니니까요. 지안이처럼 사정이 딱한 아이들을 지원해 주는 곳도 많답니다."

지안이 수술비 및 치료비는 완치될 때까지 김 할머니 재단에서 모두 부담하기로 했다.

"그, 그런 곳이 있습니까?"

"네! 그래서 세상은 살 만한 겁니다. 그러니 김범식 씨도 희망을 가지세요. 재심도 절대 포기하지 마시고요."

"정말, 감사합니다. 정말!"

흑흑흑, 마침내 김범식이 참고 있던 눈물을 쏟아 냈다.

4층.

"여기서부터는 보호자만 들어가실 수 있습니다."

"네, 알겠습니다."

"김범식, 잘 만나고 와라."

툭툭, 정직한 과장이 김범식의 어깨를 두드려 주었다.

"후우후우, 네, 과장님!"

김범식이 긴장이 되는지 가슴에 손을 댄 채, 호흡을 가다듬었다.

잠시 후, 멸균 병실.

항암 치료로 쇠약해질 대로 쇠약해진 지안은 감염 예방을 위해 멸균 병실에 있어야만 했다.

"이걸로 갈아입으십시오."

"네."

의사가 건네준 멸균복으로 갈아입은 김범식.

떨리는 발걸음을 한 발, 한 발 옮겨 그의 딸, 지안이 있는 병실로 향했다.

쿵쾅쿵쾅, 김범식의 심장이 고동치는 게 밖에서도 느껴지는 듯했다.

마침내, 모습을 드러내는 아이.

새파란 입술, 15살 꽃다운 나이의 소녀라고는 믿을 수 없을 정도로 왜소한 외모에 부어 있는 얼굴. 항암 치료로 인해 머리카락이 전부 빠져나갔는지 연두색 털모자를 쓰고 있었다.

"지, 지안아!"

"아빠!"

마침내 만난 두 사람. 아빠 김범식과 그의 딸 지안이었다.

8년이라는 긴 공백이 있었음에도 불구하고, 어제 만난 사이처럼 두 사람에게는 세월의 장벽 따위는 문제가 되지 않았다.

그렇게 김범식은 꿈에 그리던 딸, 지안이를 수감된 지 만 8년 만에 만날 수 있었다.

그토록 그리던 딸.

만나면 꼬옥 안아 주고 싶었지만, 지금은 그럴 수가 없었다.

부르르, 그저 김범식의 떨리는 손만 지안의 얼굴에 맴돌 뿐이었다.

"우, 우리 지안이 괜찮아?"

김범식이 손을 쥐었다 폈다를 반복하며 어쩔 줄 몰라 했다.

김범식이 네 손가락을 쥔 채, 새끼손가락만 펼쳐 볼 주변에 대자, 지안이가 그와 똑같이 했다.

─어, 괜찮아!

"저, 정말, 우리 딸 괜찮은 거야?"

지안이가 검지로 코 주변을 터치하더니 네 손가락을 경례하듯 모았다.

이어 엄지는 펼치더니 점점 간격을 좁혀 이마에 가져다 댔다.

─울지 마, 아빠! 난 아빠 만나서 이렇게 좋은데? 나, 아빠 닮아서 튼튼하잖아. 걱정 마.

맞다!

지안이는 청각장애인이었다.

일찍 철이 들어 버린 지안이.

오히려 지안이가 아빠, 김범식을 위로했다.

"우리 지안이, 아빠가 많이 많이 사랑해!"

마침내 김범식이 뜨거운 눈물을 쏟아 냈다.

지안이가 왼손을 주먹 쥐더니, 오른 손등이 하늘을 향하게 한 후, 왼손 위에 대고 빙빙 돌렸다.

'사랑해.'라는 수어였다.

―근데, 아빠 얼굴이 왜 그래? 어디 아픈 거 아니지?

자신보다 아빠 걱정이 먼저인 천사 같은 아이였다.

그러자 김범식이 네 손가락을 쥔 채, 새끼손가락을 펼쳐 볼 주변에 가져다 댔다.

―아빠! 내 걱정 말고 밥 잘 챙겨 먹고, 운동도 열심히 해야 해, 알았지?

"응."

꺼억꺼억, 김범식이 몸을 까닥거리며 억지로 눈물을 참아 냈다.

―아빠, 나 부탁이 있어. 오늘 수술 잘 끝나고 다른 애들처럼 머리 많이 기르면 예쁜 핀 사 줘요. 나, 그거 하고 싶어.

"아, 알았어. 내가 꼭 사 줄게."

김범식이 울컥거리는 울음을 억지로 씹어 삼키며 손과 손가락을 움직였다.

―응, 아빠, 우리 다시 볼 수 있는 거지?

지안이 바짝 마른 입술을 뻥긋거렸다.

"당연하지! 꼭 다시 올 거야."

―응, 아, 맞다! 오늘 노래 잘 불러야 해!

"그거 어떻게 알았어?"

―김윤찬 의사 선생님이 알려 줬어. 오늘 아빠 합창 대회 나간다고!

"그, 그랬구나."

―아빠! 아빠는 노래 부를 때가 가장 멋져!

"응, 잘할게."

"이제 밖으로 나가셔야 합니다."

"네, 알겠습니다."

미련이 남는지 김범식은 밖으로 나가 문이 닫히는 그 순간, 지안의 모습이 조금이라도 보이는 그 순간까지 지안에게서 시선을 거두지 않았다.

그렇게 두 사람에게 허락된 10분이 눈 깜짝할 사이에 지나가 버렸다. 8년이란 긴 세월 동안의 이별에 비해, 너무나도 짧은 두 부녀의 재회였다.

"지안이 잘 만나고 온 거야?"

정직한 과장이 눈물, 콧물이 범벅이 된 김범식에게 손수건을 건네주었다.

"네, 잘 만나고 왔습니다. 이 은혜를 어떻게 갚아야 할지……."

"됐고, 오늘 집도하실 교수님이 널 잠깐 보자고 하시니까, 가 보자. 아마도 오늘 수술을 설명해 주시려는 것 같아."

"네, 알겠습니다."

그렇게 나와 정직한, 김범식은 지안의 집도의를 만나러 3층으로 내려갔다.

"어서 와라, 윤찬아!"

문을 열고 들어가자, 고함 교수가 반갑게 나를 맞아 주었다.

"네, 교수님. 오시느라 고생 많으셨습니다."

"고생은 무슨, 환자가 있으면 요단강이라도 건너야지. 아이가 고생하지, 나야 뭐."

고함 교수가 대수롭지 않다는 듯이 손을 내저었다.

"교수님, 저분은 우리 교도소 정직한 과장님이시고, 이분이 지안이 보호자입니다."

"아이고, 오시느라 고생 많으셨습니다. 김윤찬 선생한테 얘기 많이 들었습니다. 노래를 그렇게 잘하신다고?"

"아, 아닙니다. 그냥 뭐."

"허허허, 저를 잘 모르시겠지만 실은 저도 김범식 씨 팬입니다."

"네??"

고함 교수의 말에 김범식이 깜짝 놀랐다.

"예전에 미사리에서 통기타 연주하시지 않았습니까? 저, 그때 김범식 씨 뵈러 자주 갔어요. 거기 어디더라?"

"조지윈스턴요?"

"아, 맞다, 조지윈스턴!"

고함 교수가 이마를 탁탁 치며 고개를 끄덕였다.

긴급한 상황, 모든 걸 알고 있는 고함 교수임에도 불구하고 아무렇지도 않은 듯, 김범식을 대했다.

"그러면, 두 분은 밖에 좀 나가 계세요. 제가 보호자분과 나눌 얘기가 있습니다."

"네, 알겠습니다."

고함 교수의 말에 나와 정직한은 밖으로 나갔다.

"김윤찬 선생님과는 어떤 사이십니까?"

김윤찬이 나가자 김범식이 조심스럽게 물었다.

"아? 오해하지 마십시오. 우리 아무 사이도 아닙니다!"

고함 교수가 정색하며 손을 내저었다.

"네에."

김범식이 피식거렸다.

하여간, 고함 교수란 사람은 감정이 북받쳐 있는 사람조차 웃게 만들 수 있는 이였다.

"그냥 저 새끼는…… 아니, 김윤찬 선생은 제자입니다. 조폭 같은 놈이죠. 어느 날 갑자기 찾아와서 환자를 맡아 달라고 하지 뭡니까? 저 새…… 아니, 김윤찬 선생, 저 인간은 칼만 안 들었지 강도예요, 날강도."

"네에, 그랬습니까?"

"네네, 여기 병원 원장이 저랑 불알친구인 건 또 어떻게

알아냈는지, 무조건 메스 잡아 달라고 하도 지랄…… 아니
성화를 부려서요."

"후우, 그런 일이 있었습니까? 전, 그런 줄도 모르고."

"네, 어디로 튈지 모르는 놈입니다. 선생님도 조심하십시
오."

"네에, 사람 놀라게 하는 재주는 타고나신 분 같습니다."

"맞아요. 골 때리는 놈이라깐요. 흐음, 그나저나 따님 때
문에 걱정이 많으시죠?"

"네, 그렇습니다."

"흐음, 생각보다 상태가 많이 안 좋습니다."

"그, 그렇습니까?"

꿀꺽, 김범식이 마른침을 삼켜 넘겼다.

"네, 솔직히 말씀드려서 그렇습니다. 흔치 않은 병이니까
요."

소아청소년 NSCLC, 지안이가 앓고 있는 병이었다.

NSCLC는 비소세포폐암의 약자로, 대개 비소세포폐암은
40세 이후에 발병하기 때문에 40세 이전에 발병하는 케이스
가 드물다. 하물며, 이제 15살 소녀라면 더욱더 드문 케이스
였다.

그래서 '소아청소년'이란 말을 붙여 특별 관리 했다.

고함 교수가 김범식에게 지안이 앓고 있는 병에 대해 상세
히 설명했다.

"저도 하늘이 무너지는 것 같았습니다. 담배는 입에도 대지 않은 우리 지안이가 폐암이라뇨! 정직한 과장님의 말을 듣고 제 폐라도 떼어다 줄 수 있으면 주고 싶었어요!"

"네, 많이 놀라셨을 겁니다. 이런 케이스는 흔치 않아서 아직까지 명확한 원인이 밝혀지지 않았지만, ALK(역형성 림프종 키나아제)를 유발하는 유전자에 변이가 생겨 폐암으로 발전되었다고 보는 이론이 지금으로선 가장 유력합니다."

"그, 그러면 유전병이라는 겁니까?"

유전이란 말에 김범식의 동공이 마구 흔들렸다.

"아뇨, 꼭 그렇지만은 않습니다. 너무 자책하지 마십시오. 특발적으로 그럴 수도 있습니다."

"우, 우리 지안이 수술하면 살 수는 있는 건가요?"

"네, 아직은 희망이 있습니다. 따님이 살고자 하는 의지가 강하고, 일반적으로 따님 같은 경우가 드물어서 그렇지, 비소세포암 자체는 비교적 흔한 질병입니다. 보통 신규 폐암 환자의 80~90%는 비소세포암이니까요. 게다가 예후도 좋은 편입니다."

"감사합니다, 교수님! 정말, 정말 감사합니다."

딸을 살릴 수 있다는 희망이 보이자, 김범식의 표정이 밝아졌다.

"네, 항암 치료로 워낙 몸이 쇠약해진 상황이라 쉽지는 않겠지만, 최선을 다해 보도록 하겠습니다."

"감사합니다, 감사합니다!"

김범식이 연신 고개를 숙였다.

"의사는 원래 사람 살리는 게 업입니다. 제가 해야 할 일을 할 뿐이니, 감사할 필요 없습니다. 그건 그렇고, 따님 수술은 전신마취하에……."

웅성웅성.

"야, 3100! 너 여기서 뭐 하냐?"

쾅, 그렇게 고함 교수가 김범식에게 수술 과정을 설명하려던 찰나, 주근식과 교도관들이 연구실로 들이닥쳤다.

"너 뭐야, 이 새끼야! 여기가 어디라고 함부로 들어와?"

주근식의 만행에 가만있을 고함 교수가 아니었다.

다짜고짜 욕부터 박고 보는 고함 교수. 스프링처럼 튀어나가 주근식 과장의 길을 막았다.

언제나 조폭인지 의사인지 잘 구분이 되지 않는 성격의 소유자였다, 고함이란 사람은.

"경촌교도소 교도과장 주근식이라고 합니다. 비켜 주시죠! 저 새끼 잡아가야겠으니까."

주근식 과장이 신분증을 내보이며 턱짓으로 김범식을 가리켰다. 김범식을 응시하는 그의 눈매가 무척이나 매서웠다.

"그런데 뭐요?"

그러나 그에는 아무런 관심이 없는 듯 고함 교수가 퉁명스럽게 쏘아붙였다.

"네? 지금 뭐라고 하신 겁니까?"

고함 교수의 뜻밖의 행동에 주근식이 살짝 당황하는 듯했다.

"이보세요, 의사 선생님! 저자는 지금 탈옥을 시도한 죄수입니다. 탈옥 모릅니까, 탈옥?"

주근식 과장이 목소리 톤을 높였다.

"그런 건 난 잘 모르겠고, 이분은 내 환자의 보호자고, 난 이분한테 환자의 상태를 설명할 의무가 있습니다. 그러니 볼일이 있으시면 밖에서 대기하세요. 난, 아직 설명을 다 드리지 못했으니까."

주근식의 고압적인 태도에도 눈 하나 깜박이지 않는 고함 교수였다.

"하아, 이분이 뭘 잘 모르시나 본데, 내가 상세하게 설명해 드리죠. 형법 제145조 도주, 집합명령위반에 관한 법률에 의거, 법령에 의해 체포, 구금을 당한 자가 도주할 경우 1년 이하의 징역에 처한다. 고로 저희는 저기 3100을 체포할 의무가 있음을 밝혀 둡니다. 게다가 단순 도주가 아니라, 공무집행방해에 교도관을 비롯한 의무관을 협박해 차량까지 탈취했으니 가중처벌까지 가능하겠군요. 3100! 그냥 순순히 자수해라. 그러면 정상참작은 해 주마, 어?"

주근식 과장이 노기가 가득한 목소리로 관련 법을 읊어 댔다.

"무슨 귀신 씻나락 까먹는 소리야? 그런 거 난 모르겠고. 나가라고요, 빨리!"

고함 교수가 귀찮다는 듯이 손을 내저었다.

"의사 선생님, 지금 상황 파악이 잘 안 되시나 본데, 자꾸 이러시면 곤란합니다. 형법 147조에 의하면 도주를 원조할 경우 최대 징역 10년에 처할 수도 있단 말입니다. 그러니까, 조심하시죠?"

주근식 과장이 법률을 들먹이며 고함 교수를 협박했다.

"아씨, 뭐라는 거야?"

혼잣말로 중얼거리는 고함 교수. 이마를 긁적거리더니 말을 이어 나갔다.

"당신이 법률을 가지고 씨불인다면 나 역시 법률을 들먹일 수밖에. 어디 보자, 의료법 24조의 2, 의료 행위에 관한 설명에 관한 법률에 따르면……. 어휴! 씨! 기니까 대충 했다 치고, 하여튼 지금 당신이 하는 짓은 의료법 위반에 해당된다는 것만 아쇼. 그러니까, 당장 나가란 말입니다. 의료 방해로 당장 고소할까? 어?"

주근식 과장의 협박 따위에 주눅 들 고함 교수가 아니었다.

"하아, 뭐 저런 무데뽀가 다 있어? 저자는 살인죄를 저지른 흉악범이란 말이오! 지금 이렇게 한가하게 당신하고 노닥거릴 시간이 없어요!"

"무데뽀? 맞지, 잘 아네. 우리 애들이 항상 날 그렇게 부르니까. 원래 무식하면 용감해. 그니까 맘대로 하라고! 아무튼 당신, 지금부터 한 발자국만 더 움직여도 의료 행위 방해로 고소해 버릴 거니까, 그런 줄 알아!"

고함 교수가 눈을 부라리며 절대 물러서지 않았다.

"하아, 미치겠네. 알았습니다. 지금부터 딱 5분 드릴 테니, 그 안에 마무리 지으십시오. 알았습니까?"

'이런 꼴통은 보다보다 첨 봤다.'는 주근식의 표정이었다.

"아, 씨! 당신이랑 입씨름하는 바람에 뭐라고 했는지 다 까먹었잖아! 그러니까, 정신 사납게 하지 말고 당장 나가라고!"

"알겠수다. 최대한 빨리 끝내십시오. 3100! 하여튼 너 각오해라, 어!"

꿍, 주근식 과장이 어쩔 수 없다는 듯이 밖으로 나가며 김범식을 죽일 듯이 노려봤다.

잠시 후, 복도.

"이 교도! 넌, 여기 딱 지키고 서 있어! 쥐 새끼 하나 빠져나가지 못하게 말이야."

"네."

"박 교도! 넌 나 교도하고 같이 창밖을 맡아."

"여기 3층인데요?"

"3층이 뭐? 몰래 뛰어내리면 어떻게 할 거야? 거기 가서 대기하고 있으라고!"

"아, 네. 알겠습니다."

지시를 내리고 돌아선 주근식이 정직한 과장을 몰아붙였다.

"정 과장님! 지금 뭐 하시는 겁니까? 결국 이러려고 내가 데리고 가겠다는 걸 그렇게 기를 쓰고 막았던 겁니까?"

주근식 과장이 꼬투리를 잡았다고 생각했는지, 정직한을 째려보며 비아냥거렸다.

"주 과장, 당신도 사람이면 생각을 해 봐. 3100 딸내미가 오늘 수술을 한다고. 잘못되면 영영 못 볼 수도 있는데, 인간적으로 딸내미 얼굴 한 번은 보게 해 줘야 하는 거 아냐?"

어쩔 수 없는 상황. 정직한 과장이 인정에 호소했다.

"정 과장님은 그렇게 감상적이어서 문제야. 우리 교도소에 수감된 인원이 천 명이 넘는 거 잘 아시지 않습니까? 핑계 없는 무덤 없다고, 다들 가서 물어보쇼, 3100만 한 사연 없는 수감자들 있나? 어디서 지금 뺑끼를 쓸라고 하셔?"

역시나 주근식 과장에겐 씨알도 먹히지 않는 소리였다.

"그래서? 어떻게 하겠다는 거야?"

"뭘 어떻게 합니까? 당장 잡아가야죠."

"합창 대회는 어떻게 하고?"

"아니, 시팔! 정직한 과장님! 지금 똥인지 된장인지 구분이 되지 않습니까?"

"뭐라고? 지금 상관한테 그게 무슨 말버릇인가?"

"상관 좋아하네. 지금 합창 대회가 문제요, 네? 그냥 제발 좀 저기 짜져 계십시오. 지금 당신이 얼마나 큰 죄를 저지른 줄 알아? 간수가 수감된 자를 도주하도록 도와줬을 경우, 최대 10년이야, 10년! 3100이랑 같은 방 쓰고 싶어서 안달이 났습니까?"

주근식 과장이 의기양양한 표정으로 정직한 과장을 몰아붙였다.

"나한테 지금 협박하는 건가?"

"아니, 협박이 아니라 배려하는 겁니다. 잘못했다고 빌면 누가 압니까, 3100이 협박해서 두 분은 어쩔 수 없이 끌려왔다고 내가 선처해 줄지?"

피식, 주근식 과장이 나와 정직한 과장을 훑어 내리며 기분 나쁘게 웃었다.

"과연 그렇게 될까요, 주 과장님? 당신, 그렇게 못 할 텐데?"

"하아, 여기 오지랖퍼 또 하나 나섰네? 이보세요, 김윤찬 선생! 앞길이 구만리 같은 사람이, 왜 쓸데없이 똥통에 발을 담그려고 그러시나? 내가 경고했죠? 그냥, 3년 동안 눈 감고 귀 막고 살라고? 하여간 당신, 여기 처음 부임할 때부터 심상치 않다 싶어……."

띠리리리.

그 순간, 주근식 과장의 핸드폰이 소리가 요란하게 울렸다.

허세 소장의 전화였다.

"때마침 소장님한테 전화가 왔네? 딴딴딴~ 딴딴딴~ 어디 한번 받아 볼까요?"

주근식 과장이 핸드폰을 흔들며 우리를 조롱하듯 쳐다봤다.

ー주 과장!

"네, 접니다, 소장님!"

주근식 과장이 의기양양한 표정으로 전화를 받았다.

ー너, 어디야?

"네, 상천병원입니다. 탈옥범 검거했습니다. 지금 바로 3100 체포해서 교도소로 들어가겠습니다."

ー누가 탈옥이야!

허세 소장이 버럭거렸다.

"네?? 그, 그게 무슨 말씀이십니까? 제가 지금 3100이라고 말씀드렸잖습니까?"

허세 소장의 뜻밖의 반응에 주근식 과장이 어리둥절한 표정을 지었다.

ー내가 정 과장한테 허락한 일이니까, 신경 쓰지 말고 당장 철수해.

"네에?? 뭐라고요? 이거 뭔가 크게 착오가 있는 것 같은데, 소장님 지금 3100과 다른 수감자를 착각하시는 것 아닙니까?"

주근식 과장이 반사적으로 나와 정직한 과장 쪽으로 시선을 돌렸다.

─내가 노망이라도 났다는 거야, 뭐야?

"아, 아니, 그게 아니라……."

─내가 너랑 길게 통화할 시간 없으니까, 거기는 정직한 과장한테 맡기고 넌 당장 교도소로 들어오라고! 빨리!

"그, 그럼 3100은……요?"

─뭔 말이 그렇게 많아? 3100은 합창 대회 나가야 할 것 아냐! 그러니까 당장 빨리 교도소로 들어오라고!

허세 소장이 다짜고짜 주근식 과장을 소환했다.

"하아, 소장님! 절대 그렇게는 못 하겠습니다. 이건 말이 안 되지 않습니까? 3100은 탈옥수라고요! 절대, 전 절대로, 그렇게는 못 합니다."

─하아, 개꼴값을 떨어요. 내가 지금 말했지, 3100 딸이 아프니까 정직한 과장한테 특별귀휴를 명했다고! 내 말이 우습나, 주 과장?

"아니, 소장님! 이건 말이 안 되지 않습니……."

─너 이 새끼, 주 과장! 너 미쳤냐?

"네?"

─내가 제대로 수감자 관리하라고 추 사장한테 보내 놨더

니, 그쪽에서 뭘 그렇게 많이 해 처먹었냐, 어?

"네? 그, 그게 무슨 말씀이십니까?"

ㅡ그러니까 빨리 들어오라고! 내가 설명해 줄 테니까, 이 개새끼야! 전화 끊어!

뚝, 일방적으로 전화를 끊어 버리는 허세 소장.

"소, 소장님! 소장님!"

뚝, 주근식이 사색이 된 얼굴로 빈 전화기에 대고 소리쳤 다.

"왜 그래, 주 과장?"

"……."

반쯤 넋이 나간 주근식 과장이 몸을 비틀거렸다.

"괜찮아? 몸이 안 좋아 보이는데?"

정직한 과장이 주근식의 팔을 잡으며 물었다.

"아, 아닙니다. 하아, 아무것도. 저, 지금 교도소로 들어가 봐야 할 것 같으니까, 여기는 정 과장님이 대충 마무리해 주 십시오."

"무슨 마무리? 좀 전까지만 해도 교도소로 끌고 가겠다고 난리였잖나?"

피식, 정직한 과장이 한쪽 입꼬리를 말아 올렸다.

"흠흠흠, 그게 아니고, 방금 흠흠, 소장님이 말씀하시길, 지금 교도소 중간 평가 기간이니, 최대한 몸을 사리자고 하 시네요. 흠흠, 그러니까 정 과장님이 마무리를 해 주시란 말입니다."

주근식 과장이 말을 더듬으며 대충 둘러댔다.

"그러면 3100 나오면 합창 대회에 데리고 가도 되는 거지?"

"네, 당연히 그래야죠. 합창 대회 참여하기로 한 거 아닙니까? 지금 몸이 아파서 여기에 진료받으러 온 거잖아요? 그 뭐냐, 뇌전증인지 뇌졸중인지 뭐, 그런 걸로."

"그래, 그러면 그렇게 할게."

정직한 과장이 나를 보며 한쪽 눈을 찡긋했다.

"그럼 전 이만 들어가 보겠습니다. 김 교도, 가자."

"네?"

"이 새끼야, 뭐가 네야. 네가 운전해야 할 것 아냐?"

"아, 네. 알겠습니다."

그렇게 주근식 과장이 서둘러 병원을 빠져나갔다.

같은 시각, 허세 교도소장실.

테이블 위에 널브러진 사진들.

몇몇 사진들은 허세 소장과 추 사장이 골프장에서 골프를 즐기는 사진들이었고, 다른 몇몇 사진들은 보기에도 민망한 것들이었다. 즉, 허세 소장이 추 사장으로부터 온갖 성 접대를 받는 현장을 찍은 사진들이었다.

"이렇게 하면 되는 겁니까?"

전화를 끊은 허세 소장이 소파에 앉아 있는 간지석 쪽으로
시선을 돌렸다.

"해도 해도 너무하네. 더러워서 조폭 똘마니도 안 받는다
는 성 접대를 받아요, 구차하게?"

"죄, 죄송합니다. 다시는 안 그러겠습니다."

"하아, 제발 좀요. 정 급하면 그거 있잖아요. 손으로 해결
해요, 더러운 짓 하지 말고."

"끙. 네, 명심하겠습니다. 그러면 이제 이 일은 더 이상 거
론하지 않는 겁니까?"

"네, 뭐 일단은요."

간지석이 고개를 끄덕거렸다.

"네? 일단이요? 그, 그게 무슨 말씀이십니까? 3100 건만
잘 마무리해 드리면, 이것들은 퉁쳐 주신다고 하지 않으셨습
니까?"

"하아, 누가 뭐래요? 이건 퉁쳐 드린다고요."

"이건? 그, 그게 무슨 의미입니까?"

허세 소장이 잔뜩 겁에 질린 얼굴로 물었다.

"당신, 여전히 우리가 개호구로 보이죠?"

"네?"

"지금부터 내 말 잘 들어 봐요. 우리가 지금까지 이곳 교

도소에 지원한 금액이 자그마치 20억이 넘습니다. 맞죠?"

"아, 네."

"그러면, 그 사용 내역 하나하나 다 체크해 볼까요?"

"물론이죠. 우리 교소도 쪽 장부에 모두 기록⋯⋯."

"아니, 그 장부 말고 우리 쪽 거로요."

"네? 경파 쪽에서 뭘요?"

깜짝 놀란 허세 소장의 눈동자가 부풀어 올랐다.

"네네, 재소자들 의약품 구매하라고 준 돈으로 골프채 사고, 재소자들 복리 후생에 쓰라고 준 돈으로 당신 개인 빚 처갚았잖아! 여기 다 적혀 있는데, 지금부터 하나하나 다 까 볼까, 어?"

"아, 아니, 이게 어떻게 된 일입니까? 저는 전혀 모르는⋯⋯."

간지석이 장부를 펼쳐 보이자, 허세 소장이 발뺌했다.

"그러니까, 잘 모르는 것 같으니까 우리 건설적인 대화를 좀 해 보자는 겁니다."

"무, 무슨 대화를 말입니까?"

허세 소장이 잔뜩 겁에 질린 표정을 지었다.

"보통 다들 그렇게 말합디다. 그런데 말이에요. 입 속에 흙이 몇 움큼만 들어가도 백이면 백 다 불더라고요. 어떻게, 우리도 그렇게 한번 해 볼까요? 요즘은 잘 안 쓰는 방법이긴 한데?"

간지석이 날카롭게 허세 소장을 응시했다.

"죄송합니다! 다, 다신 안 그렇겠습니다! 빵꾸 난 돈도 저, 전부 메꿔 놓도록 하겠습니다. 죄송합니다. 제발, 살려 주십시오!"

간지석의 명성을 너무나 잘 알기에, 허세 소장은 무릎을 꿇은 채, 연신 고개를 숙였다.

상천병원.

"아버님, 지안이는 너무 걱정 마십시오. 제가 최선을 다해 수술하도록 하겠습니다."

"아이고, 감사합니다, 선생님! 이 은혜는 절대로 잊지 않겠습니다!"

"은혜는 무슨요. 의사가 사람 살리는 게 뭐, 대단한 거라고요."

고함 교수가 대수롭지 않다는 듯이 고개를 내저었다.

"네, 교수님! 우리 불쌍한 지안이 부탁드립니다."

눈두덩이 붉게 물들어 있었다.

"네, 걱정 마시고, 이번 합창 대회에서 꼭 1등 하십시오. 지안이도 보면 좋아할 거예요. 김윤찬 선생이 녹화해서 보내 줄 거지?"

고함 교수가 날 보며 물었다.

"네, 물론이죠. 그나저나, 힘든 결정 해 주셔서 감사합니다, 교수님!"

"힘들긴, 허구한 날 내가 밥 먹듯 하는 일인데. 지안이는 걱정하지 말고 아버님 잘 모시고 가도록 해. 여기 일은 내가 알아서 할 테니까."

고함 교수가 날 보며 손을 내저었다.

"네, 감사합니다, 교수님! 저, 어시로 같이 안 들어가도 되죠?"

"미친놈, 세상에 흉부외과 써전이 너뿐인 줄 알아? 시간 없다며? 당장 꺼져 주라, 나도 수술 준비해야 하니까."

"하하하, 네, 교수님. 이만 가 보겠습니다."

"그래, 얼른 가 봐. 합창 대회 늦겠다."

♥

잠시 후, 나와 정직한 과장은 김범식과 함께 차로 이동했다.

"와! 고함 교수님이란 분이 네 지도 교수냐?"

차에 올라타자마자 정직한 과장이 물었다.

"네, 좀 유별나시죠?"

"야, 그게 유별난 정도냐? 이건 뭐, 아까 주근식 과장한테 하는 거 보니까, 완존 화끈하던데? 그런 의사 선생님은 첨 봐. 너네 동네는 다 그러냐?"

"아뇨, 뭐 다 그런 건 아니고요. 그분이 유독 좀 특별나십니다. 물론 실력 면에선 대한민국 최고시긴 합니다."

"그래? 그렇게 수술을 잘하시냐? 3100! 김윤찬 선생 말 들었지? 아까 그 교수님이 그렇게 실력이 좋으시단다. 그러니까, 아무 걱정 말고 지금부터는 합창 대회에 집중하자. 알겠어?"

"네! 두 분 정말 고맙습니다. 노래 열심히 불러서 우리 팀이 1등 할 수 있도록 최선을 다하겠습니다."

흑흑흑, 김범식이 옷소매로 눈물을 훔쳐 내며 흐느꼈다.

"고함 교수님 수술해서 사람도 많이 살려 냈겠지?"

"그럼요. 제가 가장 존경하고 좋아하는 교수님이십니다."

"와! 나 솔직히 완전 감동 먹었잖아! 그런 사람 처음 봐. 진짜 내 스타일이야, 진짜."

"헐, 며칠만 같이 있어 보십시오. 그런 소리가 나오나."

"아니야, 졸라 멋져. 나 앞으로 그분 팬 할란다."

"후후후, 후회하실 텐데요? 그건 그렇고, 빨리 갑시다. 이제 시간이 별로 없어요."

"그래, 빨리 가야지. 최대한 밟으면 간신히 제시간에 맞출 수 있겠다."

부앙, 운전석에 앉은 정직한 과장이 액셀에 올려놓은 발에 힘을 주었다.

띠리리리.

그렇게 강원문화센터에 거의 다다랐을 즈음, 간지석에게서 전화가 왔다.

ㅡ잘 가고 있는 거지?

"네, 형님. 우리가 이렇게 무사히 가고 있는 걸 보니, 일이 잘된 것 같군요."

ㅡ그래, 여긴 형이 대충 마무리 지어 놨다. 크게 걱정 안 해도 될 거야.

"고맙습니다. 정말, 고생 많으셨어요!"

ㅡ고생은 무슨, 금쪽같은 동생 일인데, 내가 안 나서면 누가 나서냐?

"크크크, 역시 형님밖에 없습니다. 제가 형 하나는 진짜 잘 둔 것 같아요."

ㅡ녀석! 그 반대지. 내가 똑 부러진 동생을 잘 둔 거지.

"감사합니다. 진짜 고생하셨어요."

ㅡ고생은 무슨. 우리가 땅 파서 지원하는 것도 아니고, 금쪽같은 우리 돈이 그 인간들 쌈짓돈이 되는 걸 가만히 보고만 있을 순 없지.

"그러게요. 어디 떼먹을 게 없어서 경파 그룹 돈을 쓱싹할 생각을 한대요? 간이 배 밖으로 나온 사람들이지."

ㅡ하하하, 그러게 말이다. 그나저나, 우리 쪽에서 작성한

장부는 너한테 넘길 테니까, 그건 네가 알아서 해라.

"네, 감사합니다."

—아마 그 자료를 네가 가지고 있는 걸 알면, 허세 소장도 널 함부로 대하진 못할 거다. 그러니까 적절하게 활용해.

"네네. 뭐 활용이라기보다는 법에 따라 처벌을 받도록 해야겠죠. 지금 차근차근 준비 중입니다."

—후후후, 하여간 넌, 유별난 놈이야.

"흐흐흐, 제가 원래 좀 그렇긴 하죠."

—아무튼, 잘 지내고. 또 무슨 문제 있으면 연락해. 이 바닥이야 전부 내 손바닥 위에 있는 곳 아니냐.

"어휴, 앞으로는 형님한테 부탁할 일이 없어야죠. 아무튼, 너무 감사합니다."

—그래. 그나저나 회장님이 너 엄청 보고 싶어 하시더라. 조만간 시간 좀 만들어 봐. 알았지?

"네, 그럴게요. 고생하셨어요."

—그래, 끊는다.

"간지석 전무라는 사람?"

전화를 끊자 정직한 과장이 물었다.

"네, 맞아요."

"그 사람 정말 소문대로 대단하긴 대단한가 보다. 어떻게 우리 교도소의 재무 사정에 그렇게 밝은 거냐?"

"후후후, 그게 다 그 형님이 성공한 비결이죠. 맨주먹으로 시작해서 경파 그룹을 지금은 우리나라 재계 순위 10위를 넘보는 대기업으로 성장시킨 사람이에요. 그러니 어련하시겠습니까?"

"그렇구나. 정말 대단하네."

"맞아요, 정말 대단한 사람이죠."

"그건 그렇고, 하여간 넌 참 요상한 놈이야. 이게 가능한 시나리오냐? 어떻게 이렇게 아귀가 딱딱 맞아? 이게 말이나 되냐? 소설 같았으면 개연성 없다고 독자들이 난리 칠일이야!"

정직한 과장이 어처구니없다는 듯이 말했다.

"뭐, 운이죠 뭐."

"말은 쉽네. 이게 어떻게 운이야? 지안이가 아픈 걸 안 것도 이상하고, 거기다 고함 교수에 간지석 씨까지. 이게 말이되냐?"

"그냥 운이라니까요. 뭐, 로또 1등 맞는 것도, 어디 노력해서 가능한 겁니까? 그거랑 똑같은 거예요."

"그래? 그거 왠지 설득력이 있는 거 같기도 하고. 아니야, 운이라고 하기엔 너무 드라마틱하잖아? 이건 뭐, 웬만한 영화보다 더 극적이야!"

"후후후, 원래 현실이 더 드라마잖아요. 각본 없는 드라마."

"그런가? 너 혹시??"

정직한 과장이 곁눈질로 나를 째려봤다.

"네? 혹시 뭐요?"

"난 네가 왠지 무서워지려고 해. 너, 무슨 신내림 뭐, 그런 거 받은 거 아니지?"

정직한 과장이 몸을 부르르 떨었다.

"헐, 아니에요! 쓸데없는 소리 하지 마시고, 얼른 운전이나 하세요. 미연 선생한테 문자 해 보니, 이제 곧 우리 차례래요."

"아닌데, 아무리 생각해 봐도 그거밖에는 없는 거 같은데?"

고개를 갸웃거려 보는 정직한 과장.

"어휴, 아니라고요. 빨리 가기나 합시다."

"좋아! 그건 나중에 심도 있게 대화를 나눠 보도록 하고, 일단 밟아 보자. 거의 다 도착해 간다!"

부웅, 정직한 교도관이 더욱더 힘차게 액셀을 밟았다.

♥

강원문화센터.

끼익, 가까스로 도착한 강원문화센터.

"여기예요! 여기!"

늘푸른 홀 앞에서 미연이가 초조하게 기다리고 있었다. 우리의 모습이 보이자 미연이가 양손을 들고 흔들었다.

"시간 안 늦었어요?"

"네네, 이제 곧 우리 팀 공연이에요. 범식 아저씨는 괜찮으신 거죠? 왜 이렇게 늦으신 거예요?"

전후 사정을 알 리 없는 미연이기에 걱정이 된 모양이었다.

"네, 선생님 덕분에 좋아졌습니다."

김범식이 미연이를 향해 환하게 웃었다.

"정말요? 진짜 다행이에요. 저를 비롯해 모든 사람이 얼마나 걱정했는데요. 정말, 정말 다행이에요."

"네, 심려를 끼쳐 드려서 죄송합니다. 얼른 들어가시죠."

"네, 팀원들이 기다리고 있어요."

"네, 갑시다."

우리 일행은 서둘러 합창단원들이 기다리고 있던 대기실로 향했다.

합창단 대기실.

"범식 아저씨!"

김범식의 모습이 보이자 콩콩이 삼총사가 제일 먼저 달려와 그의 품에 안겼다.

"미안, 나 때문에 걱정 많았지?"

"아니에요, 아저씨. 이제 몸은 괜찮으신 거예요?"

진순남이 울먹이며 물었다.

"그럼, 괜찮아! 김윤찬 선생님 덕분에 이제 안 아파."

김범식이 나를 보며 눈빛으로 감사함을 표시했다.

"진짜 다행이에요. 전, 아저씨 어떻게 되는 줄 알고 얼마나 걱정했는데요."

"그래, 미안하구나."

"당신, 진짜 괜찮은 거요?"

강민우가 삐딱하게 말을 던졌다.

"미안해요, 민우 씨!"

"됐어요. 이렇게 돌아왔으면 된 거지."

"에이, 아니에요. 민우 형이 얼마나 걱정을 많이 했는데요! 아저씨 오실 때까지 얼마나 안절부절못했는데요."

박금동이 강민우를 가리키며 덧붙였다.

"됐거든! 내가 저 사람 건강이 걱정돼서 그런 줄 아냐? 합창 대회 파투 날까 봐 그런 거지."

쳇, 강민우가 입을 삐죽거렸다.

"죄송합니다. 지금까지 저 때문에 고생한 건, 차차 갚도록 하겠습니다, 민우 씨."

"됐고요. 합창 대회 때 당신 파트나 틀리지 않게 잘합시다. 김범식 씨 파트가 우리 노래의 클라이맥스니까."

"네, 최선을 다하겠습니다!"

김범식이 양 주먹을 불끈 쥐었다.

"자 자! 이제 곧 우리 차례예요. 다들 파이팅 한번 외치죠!"

아홉 번째 합창이 끝나자 미연이 비장한 표정으로 합창단원들을 불러 모았다.

"자, 다들 모이세요. 제가 먼저 드리미를 선창하면, 여러분들이 드리미, 드리미, 드리미 파이팅! 이렇게 외치는 겁니다!"

"네!"

"시작할게요! 드리미!"

"드리미! 드리미! 드리미! 파이팅!"

미연이 선창하자 합창대원들이 후창하며, 그렇게 우리는 마음을 모았다.

♥

잠시 후.

"아홉 번째 경연 팀이 끝났습니다. 이제 경촌교도소 합창단, 드리미만 남았군요! 유일하게 참가곡으로 자작곡을 들고 나온다고 하는군요! 아마도, 이 곡을 누가 작곡했는지 아시면 깜짝 놀라실 텐데요. 그러면, 이번 합창 대회의 대미를 장식할 마지막 팀의 공연을 지켜보도록 하겠습니다! 경촌교도소 합창단, 드리미! 준비되셨으면 지금 무대 위로 올라오십시오!"

두둥.

사회자의 소개 멘트가 끝나자, 무대 뒤에서 긴장하며 기다리고 있던 합창단원들이 천천히 스테이지로 발길을 옮겼다.

두근두근, 반주자 미연과 드리미 합창단원들이 무대 정중앙에 모였다.

두리번두리번, 각자의 가족들이 어디 앉아 있나 바삐 눈을 움직이는 합창단원들이었다.

할머니!

분홍색 저고리를 입고 있는 할머니를 발견한 진순남이 눈시울을 붉혔다.

"할머니 어디에 계셔?"

옆에 있던 박금동이 팔꿈치로 진순남의 옆구리를 찌르며 속삭였다.

"저기, 중앙 중간쯤에."

목이 메어 말을 잇지 못하는 진순남이었다.

"아! 한눈에 봐도 알겠네. 저분이 네 할머니시구나. 정직한 교도관님 말처럼 정말 고우시다."

"응, 진짜야!"

"나도 너희 할머니를 위해서 최선을 다해 노래 부를게."

김창호 역시, 진순남의 손을 꼭 잡아 주었다.

그리고, 또 한 명의 여자.

'은지야……'

위층, 맨 끝에 은지라는 여자가 다소곳하게 앉아 있었다.

그녀의 모습이 보이자 강민우 역시 눈두덩이가 붉어지기 시작했다.

그 밖에 모든 합창단원들 역시, 각자의 가족들과 눈인사를 하며 눈시울을 붉히고 있었다.

"우리 애들 잘할 수 있겠지?"

무대 뒤에서 이를 지켜보던, 정직한 과장이 물었다.

"그럼요. 노력은 배신하지 않아요. 저 사람들, 얼마나 노력을 많이 했습니까? 반드시 잘할 겁니다."

사실, 회귀 전에는 3100이 탈옥을 시도하다 잡혔기에 노래조차 부르지 못했다.

"그러겠지?"

꿀꺽, 정직한 과장 역시 긴장됐는지 목울대를 꿀렁거렸다.

딩딩딩딩.

피아노 음을 맞춰 보는 미연.

마침내 그녀가 합창단을 향해 고개를 끄덕이며 시작을 알렸다.

조명이 옅어진다.

사람들의 시선이 무대 위에 집중된다.

바로 무대 아래에서 이를 지켜보던 심사위원들도.

관객석에 앉아 있는 청중도.

한 손에 빛바랜 흑백사진 한 장을 꼭 쥐고 있던 진순남의 할머니도.

객석 맨 뒤에 양손을 모은 채 기도하고 있는 강민우의 영원한 팬도.

그리고 마지막으로 수술대 위에 누워 있는 김범식의 딸의 영혼도, 모두 지금 이 순간, 바로 저 무대 위에 마음을 모으고 있었다.

♬♬♩♪

미연의 가느다란 손가락이 피아노 건반 위에 올려지고 흰 건반과 검은 건반이 시소를 타듯 오르락내리락하기 시작하자 강민우가 만든 록발라드, '그대라는'의 인트로가 흘러나온다.

인트로가 노래의 반이란 말도 있지 않은가?

피아노 반주가 이토록 애절할 수 있을까?

미연의 정성스러운 손가락 움직임에 악보들이 꿈틀거리며 오선지를 뛰쳐나오려 했다.

감미로우면서도 중독성 있는 멜로디.

악보가 귓속으로 들어왔다.

애절하면서도.

따뜻한.

따뜻한 커피 위에 크림 한 스푼을 올려놓은 것처럼.

이미 고막이 녹아내린다.

"와! 벌써 좋은데?"

이미 끝났다.

인트로만 나왔을 뿐인데.

조금씩 벌어지는 관객들의 입. 벌써부터 들썩이기 시작한다.

그리고 강민우가 반걸음 앞으로 나왔고, 그에게 핀 조명이 떨어졌다.

이제 제1벌스가 시작되었다.

고개를 숙인 채 까닥거리면 리듬에 몸을 맡기는 그.

그가 천천히 고개를 들자 또 한 번 관객석이 술렁거리기 시작했다.

"잠깐! 저, 저 사람 강민우 아냐?"

"설마?"

설마가 사람 잡는다는 말도 있지 않은가, 맞다 강민우.

헤매이며 울었던 슬픈 잠에서 깨어♬♪♪

강민우의 허스키한 목소리가 흘러나오자 관객석의 술렁거림도 금세 잦아들었다.

"로커 강민우 맞는 것 같은데? 뭐더라, 맞아! 강민우가 아마도 경촌교도소에 수감되어 있을걸."

"맞아! 나도 신문에서 본 것 같아. 목소리 들어 보니까 맞네. 완전 '음색깡패'다!"

그저 강민우를 알아보는 몇몇이 속닥거릴 뿐, 대부분의 관객은 강민우의 목소리에 젖어 있었다.

너를 잃은 슬픔에 고개 숙이고♬♪♩

강민우가 조금씩 고개를 들어 2층을 응시했다.

그리고 2층 맨 위에 홀로 앉아 있는 한 여자. 그녀는 강민우의 유일한 진짜 팬이자 사랑이었던 한은지였다.

"민우 오빠……."

강민우에겐 오로지 그녀밖에 보이지 않았고, 그녀 역시 무대 위에서 노래를 부르는 강민우 외엔 아무도 보이지 않았다.

어느새, 그녀의 볼을 타고 눈물이 흘러내렸다.

다시 돌아오는 길은 왜 이리 먼지 ♪♬♩

떨림마저도 감미롭다.

이미 강민우의 목소리는 악보를 벗어나 있었고, 실수일지도 모르는 목소리 떨림이 더해져 더욱 감미로웠다.

"와, 진짜! 죽인다."

"그러게. 요즘 나오는 애들이랑은 비교 불가네. 진~짜 아쉽네. 사고만 안 쳤으면 완전 가요계를 씹어 먹었을 텐데.”

“후후후, 강민우, 아직 쓸 만하네.”

심사위원석에 앉아 있던 HYT엔터테인먼트의 기획이사 한민국의 한쪽 입꼬리가 말려 올라갔다.

그가 주머니에서 명함을 꺼내 뒷면에 메모를 적어 내려갔다.

그렇게 A파트가 끝나면, 다음은 먹깨비 김형돈과 콩콩이 삼총사가 나설 차례.

곡의 흐름이 바뀌었다.

강민우의 목소리와는 완전히 상반된 굵은 목소리, 베이스 김형돈이 점점 더 분위기를 고조시켰다.

그리고 콩콩이 삼총사.

얼핏 보면 세쌍둥이를 보는 것처럼 닮은 이 귀여운 녀석들이 강민우의 목소리와 어우러져 노래의 분위기가 격정적으로 바뀌는 듯했다.

언제나 내게 맑은 미소를 보인 나의 그대는 ♩ ♪ ♫

“금숙 씨! 저기 정국 씨 보이죠? 맨 앞에 나와서 노래 부르는.”

할머니와 함께 온 진순남의 사촌 누나가 무대 위를 가리켰다.

금숙은 진순남의 할머니 이름이고 정국은 돌아가신 그녀의 남편 이름이었다.

"……아니야, 그 냥반."

천천히 고개를 내젓는 할머니.

"어? 맞는데, 분명히 할머니 남편이신 정국 씨가 맞잖아요?"

"내가 내 새끼를 왜 몰라."

애틋한 눈빛으로 진순남을 바라보는 금숙 할머니.

"어? 하, 할머니! 순남이를 알아보는 거야?"

"그럼, 우리 손주를 내가 왜 몰라! 저기 내 새끼가 노래하고 있잖아!"

자글자글한 할머니의 눈주름 사이로 눈물이 고였다 흘러내렸다.

"할머니! 이제 기억나는 거예요? 저, 저도 누군지 알겠어요?"

"그려, 눈에 넣어도 안 아플 내 새끼들을 왜 몰라."

"하, 할머니!"

"저기, 저기서 노래 부르는 아이가 내 손주라오."

할머니가 옆에 있던 중년의 남자를 보며 무대를 가리켰다.

"아이고, 그러시군요! 얼굴도 잘생겼고, 노래도 엄청 잘하네요! 저 옆에 듬직하게 생긴 놈은 제 아들놈입니다."

그는 먹깨비 김형돈의 아버지였다.

그렇게 A파트가 끝나자 김범식이 하모니카를 들고 무대 앞으로 나왔다.

김범식이 조용히 눈을 감고 하모니카를 꺼내 입술에 가져다 댔다.

♪ ♩ ♪ ♫

그 작은 하모니카 소리가 늘푸른 홀 전체를 감싸는 것 같았다.

슬프도록 아름답다고 했던가.

지금 이 순간, 그의 눈 속엔 하얀 눈이 내리고 있으리라.

상천병원.

"오늘 수술할 환자는 15세, 김지안. NSCLC(비소세포폐암) 환자입니다. 암이 발생한 부위는 좌폐상엽입니다. 거의 왼쪽 폐 절반 정도를 절제해야 할 것 같습니다. 펄머너리 아테리(폐동맥)와 암이 전이된 브롱커스(기관지)까지 절제하고 이를 연결하는 수술을 할 예정입니다."

"네, 교수님!"

"모든 수술에 최선을 다해야 하지만, 오늘은 저는 이 환자를 반드시 살려 내고 싶군요. 우리, 이 환자 살려 냅시다. 여러분들이 많이 도와주십시오."

"네, 교수님! 제가 교수님과 함께 수술방에 있다는 게 믿어지질 않는군요. 최선을 다하겠습니다."

"고맙습니다! 오늘도 우리, 저승사자와 싸워 이겨 보도록 합시다!"

"네."

"메스!"

"네, 교수님. 여기 있습니다."

그렇게 지안의 폐암 수술도 시작되었다.

♥

클라이맥스로 치닫는 노래.

격정적인 멜로디가 끝나자, 객석이 쥐 죽은 듯 조용해졌다.

그렇게 잠시간의 공백이 김범식의 호소력 짙은 목소리로 채워지기 시작했다.

웃어요. 언제나 내게 그랬던 것처럼~~.

애절한 그의 목소리 끝이 미세하게 흔들렸다.

짝짝짝짝!

와! 와!

우레와 같은 박수 소리와 함께 터져 나오는 함성, 객석을 가득 메운 청중이 모두 일어났다.

지금의 분위기로 봐선, 심사가 의미 없을 것 같다.

드리미가 1등이다.

"예스!"

김윤찬은 양손을 불끈 쥐며 환호했다.

강민우의 옛사랑이 이곳에 앉아 그 옛날 그랬던 것처럼 그의 노래를 들을 수 있었던 것도.

치매에 걸린 진순남의 할머니가 그를 알아볼 수 있었던 것도.

그리고 김범식의 딸, 김지안이 고함 교수의 집도하에 수술을 받을 수 있었던 것.

이 모든 것이 기적과도 같은 일이었다.

잠시 후.

두두두둥.

"이번 제7회 강원지사배 합창 대회 우승팀은…… 경촌교도소 합창단 드리미입니다!"

마침내 마지막으로 남은 바람마저도 이루어졌다.

열 개 팀이 참가한 이번 합창 대회, 우승팀은 압도적인 점수 차로 우리 합창단이 차지했다.

"만세!"

무대 뒤에서 초조하게 지켜보고 있던 우리는 동시에 만세를 불렀다.

그렇게 우린 기어코 1등을 차지하고 말았다.

합창단 대기실.

1등상을 수상한 우린 환한 얼굴로 다시 대기실에 모였다.

"다들 수고했어! 정말 고생 많았다. 특히 3100, 고생 많았어."

정직한 과장이 상기된 얼굴로 합창단원들을 격려했다.

"감사합니다! 이 은혜는 평생 잊지 않겠습니다, 과장님!"

"그래, 이제 시작인 거 알지? 지금부터 다시 부딪쳐 보는 거야. 재심! 그거 될 때까지 해 보자."

"네, 감사합니다!"

"아! 그리고 방금 병원에서 연락 왔는데, 이제 수술 시작했다고 하더라. 김윤찬 선생이 그러는데, 네 딸 집도하시는 고함 교수님이 거의 '신의 메스'라고 하더라. 그러니까 걱정 마. 맞지, 김윤찬 선생?"

"그럼요. 신의랑 동기 동창쯤 될 겁니다. 고함 교수님 허락 없이는 저승사자도 함부로 사람 못 데리고 간다네요. 그래서 저승사자들이 연희병원 응급실 하면 치를 떤다고 하더라고요."

"하하하, 그렇습니까?"

"그래그래, 그러니까 힘내자. 우리 콩콩이 삼총사도 정말 잘했다! 3777! 네 목소리가 그렇게 멋진지 처음 알았다! 완전 동굴 저음이던데?"

정직한 과장이 대견한 듯 합창단원들을 격려했다.

그리고 조용히 눈물을 훔쳐 내고 있는 여자, 미연.

"미연 쌤, 정말 고생 많으셨어요."

난, 그녀에게 천천히 다가갔다.

"선생님이야말로 고생 많으셨어요. 우린 이제 끝이겠죠?"

우리, 끝이라……

끝이라는 이 두 단어는 모든 것을 내포하고 있었다.

그동안 정들었던 합창단원과의 이별을 의미하기도 했고.

나와 미연과의 관계를 의미하기도 했다.

하지만 시작도 하지 않았는데 끝이 있을 수 있겠는가.

난, 미연과 아무것도 시작하지 않을 것이다.

그저 합창대회 선생님과 이를 맡은 단장의 관계만 있을 뿐.

그 관계를 말하는 것이라면 끝이 맞다.

"……"

그녀의 물음에 난 아무런 대답 없이 고개만 끄덕일 뿐이었다.

끝은 또 다른 시작이라는 상투적인 말과 함께.

미연아, 이번 생애에선 절대 아프지 말자.

행복해야 해.

똑똑똑.

그 순간, 교도관 한 명이 문을 열고 대기실 안으로 들어왔다.

"이거, 3309(진순남)의 사촌 누나가 전해 달라고 합니다."

그토록 만나고 싶었던 가족.

하지만 그저 청중으로 그들의 노래를 들을 수 있는 것까지만이었다.

순남아, 할머니가 너 알아보셨어! 우리 할머니, 이제 너한테 여보라고 부르지 않아!

주르르륵, 메모를 읽어 내려간 진순남이 옷소매로 눈물을 훔쳐 냈다.

"3309, 뭔데?"

정직한 과장이 걱정이 되는지 진순남에게 다가갔다.

"우, 우리 할머니가 절 알아봤대요! 저보고 손주라고 옆사람한테 그러더래요!"

"정말이냐? 진짜 잘됐구나!"

언제나 자기 일처럼 기뻐해 주는 정직한 과장이었다.

"과장님, 그리고 이거 3742(강민우)한테 전해 주라고 하던데요?"

"뭔데?"

"명함인데, HYT엔터테인먼트 이사라고 쓰여 있네요. 뒤에 메모가 있더라고요."

"그래?? 이리 줘 봐."

획, 정직한 과장이 황급히 명함을 집어 들었다.

"뭐라고 써 놓은 거야?"

정직한 과장이 명함을 돌려 뒷면에 써진 메모를 읽었다.

강민우 씨, 여전하시군요. 저, HYT 엔터테인먼트 한민국입니다. 우리 출소 후에 미팅 한번 하시죠.

"와, 이거 뭐냐? HYT면 우리나라 최고 기획사 아냐?"

"맞아요! 장난 아니죠! 옐로핑크도 거기 소속이잖아요!"

"그렇지! 정말 잘됐다, 강민우! 거봐, 인마! 너 아직 통한다고 했잖아!"

"뭐, 그냥 미팅 한번 하자는 거 가지고 너무 흥분하시는 거 아닙니까?"

"됐고! 나중에 사회 나가서 HYT에 들어가면 옐로핑크 사인 죄다 받아다 줘야 한다? 너, 쌩까면 아주 뒈진다!"

"하아, 네. 어련하시려고요. 제가 손이 발이 되도록 빌어서라도 받아 와야죠. 과장님한테 안 죽으려면."

"하하하, 당연히 그래야지."

팔짝팔짝 뛰며 기뻐하는 정직한 과장. 오늘 아주 혼자 제대로 계 탄 그였다.

아무튼, 기적도 꿈을 꾸는 사람에게 온다고 했던가?

그렇게 우리 모두가 간절히 원했던 꿈이 이뤄지는 순간이었다.

주근식 과장의 최후

열흘 전, 의무관 관사.

"과장님, 김범식 씨에 관해서 얘기 좀 해 주세요. 매번 느끼는 거지만, 과장님이 김범식 씨를 유독 더 챙기시는 것 같아요."

"챙기긴? 그냥 다 똑같지."

"아뇨, 분명 뭔가 좀 달라요. 3100(김범식)을 대할 때는요."

"후우, 그래 뭐, 우리 사이에 무슨 말을 못 하겠냐? 김범식 그 인간, 참 팔자도 기구한 놈이야. 어디서부터 설명을 해야 하나……."

정직한 교도관이 천장을 올려다보며 한숨을 내쉬었다.

지금으로부터 8년 전, 무명 가수 생활을 하던 김범식.

워낙 가창력이 뛰어나, 한 기획사에서 그를 스카우트하려
고 했었다.

그것이 바로 슬픈 운명의 시작이었던 것.

기획사 사장은 차일피일 김범식의 데뷔를 미뤘고, 작곡가
섭외비, 앨범 제작비, 로비 활동비 명목으로 김범식으로부터
돈을 뜯어 갔던 모양이었다.

그렇게 있는 돈, 없는 돈 다 털고, 와이프가 들어 놨던 적금
마저 깨서 바쳤건만, 기획사 사장은 시간만 질질 끌었던 것.

그렇게 기획사 사장에게 착취당하던 김범식이 작심하고
찾아간 룸살롱에서 사건이 터지고 말았다.

기획사 사장과 모 유력 인사의 아들이 함께한 술자리에 김
범식이 쳐들어갔던 것.

때마침 모 유력 인사의 아들과 기획사 사장이 시비가 붙었
고 술김에 그가 기획사 사장을 칼로 찔러 사망케 한 것.

그리고 이 모든 것을 김범식이 뒤집어썼다는 것이 정직한
과장의 설명이었다.

법원은 김범식에게 충분한 살해 동기가 있다고 판단해 유
죄를 선언했다는 것이다.

이 충격으로 김범식의 아내는 지병이 악화되어 사망했던
것.

한순간에 모든 것을 잃어버린 김범식이었다.

그리고 이 모든 건 그 모 유력 인사가 호화 변호인단을 꾸

리고, 법원을 상대로 로비를 했기 때문이란 게 정직한 과장의 생각이었다.

"그래서 면회조차 허용을 안 했던 겁니까?"

"당연하지. 면회는 무슨, 서신 왕래도 못 하게 하는데."

"후우, 그런 일이 있었군요."

"재심도 수십 번도 더 신청했어. 그런데 씨알도 안 먹히더라고. 김윤찬 선생도 알다시피, 재심이라는 게 신청 통과가 거의 9할이거든. 재심 신청만 통과되면 거의 이겨. 그런데, 그게 아예 받아들여지지가 않더라고."

"흐음, 그쪽에서 손을 쓰나 보군요."

"그 망나니 아버지가 누군지 아나? 바로 3선 국회의원 김치한이야. 나는 새도 떨어뜨린다는."

"그렇군요."

"아무튼, 김범식 입장에선 미치고 환장할 노릇이지. 그나마 남은 피붙이가 다 죽어 가는데 얼굴 한번 볼 수 없으니."

"음…… 그러면 우리가 만나게 해 줍시다, 두 사람!"

"그래, 당연히 만나……. 뭐, 뭐라고?"

깜짝 놀란 정직한 과장이 마시던 차를 뿜을 뻔했다.

"만나게 해 주자고요, 두 사람."

"그러니까 그게 가당키나 한 소리냐고! 서신 왕래도 못 하게 하는데, 소장이 허락해 주겠냐고. 지금 탈옥이라도 시키자는 거야, 뭐야?"

"뭐, 못 할 것도 없죠."

"누구 목 달아나는 꼴 보고 싶어서 그래?"

"후후후, 농담입니다."

"에이씨, 농담이라도 그런 말은 하지 마라. 아무리 억울하다고 해도 현재 3100은 살인죄를 저지른 죄인이야. 재심이 통과되기 전까지는."

정직한 과장이 정색하며 단호한 태도를 취했다.

"네, 그래서 말인데요. 어떤 경우에 재소자들이 가족을 만날 수 있을까요?"

"그거야 뭐, 양친상을 당했거나, 가족 중에 위독한 사람이 있을 경우엔 특별히 만날 수 있는 방법이 있긴 한데, 그것도 생각처럼 쉽지는 않아."

"특별귀휴를 말씀하시는 거죠?"

"그래, 근데 그거 3100에게는 해당이 안 돼. 소장이 절대 허락해 주지 않을 거니까."

"그러니까요. 소장이 허락하게 만들면 되잖습니까?"

"괜한 짓 하지 마라. 하늘이 두 쪽 나도 절대 허락 안 할 거니까."

"아뇨, 아마 허락할걸요, 그 특별귀휴."

그렇게 나와 정직한 과장은 김범식의 특별귀휴 프로젝트를 시작했다.

며칠 후, 허세 교도소장실.

허세 소장의 호출을 받은 주근식 과장이 심각한 표정으로 앉아 있었다.

"주 과장, 담배 한 대 피울 텐가?"

드르륵, 허세 소장이 서랍에서 담배를 꺼내 주근식 과장에게 내밀었다. 담배 냄새라면 질색을 하는 인간이 말이다.

"아뇨, 괜찮습니다."

뭔가 불길한 예감이 들었는지 주근식 과장이 고개를 내저었다.

"우리 사이가 보통 사이인가? 괜찮아, 피워도 돼."

"네에, 그러면 한 대만 피우겠습니다."

"그래그래, 여기 재떨이도 있어. 편하게 피워."

"네, 소장님."

틱, 주근식이 담배를 입에 물고 불을 붙였다.

"흐음, 주 과장이 올해로 나이가 어떻게 되지?"

"네, 마흔둘입니다."

"마흔둘이라……. 한창 힘들 때구먼. 애는 둘이라고 했나?"

무슨 말을 하려는지 허세 소장이 쓸데없는 걸 물으며 변죽만 울렸다.

"네, 중학교 다니는 아들하고 초등학생 딸이 하나 있습니다."

"아이고, 학원이다 과외다, 애들 공부시키려면 등이 휘겠구먼. 공무원 월급 그거, 박봉이잖나."

"네, 힘에 부치긴 합니다."

"끙, 그래서 추 사장을 그렇게 협박한 건가?"

"네? 그, 그게 무슨 말씀이십니까?"

"하아, 내가 엔간하면 내 사람 뒷조사는 안 하는데, 주 과장 좀 알아보니까, 장난 아니던데?"

"뭘…… 말씀이십니까?"

"아들내미는 국제중에, 딸은 바이올린 배운다면서?"

"네? 네에, 그렇습니다."

"그거 애들 학비랑 레슨비가 만만치 않지 아마? 과장 월급 가지고는 턱도 없을 텐데, 그 돈을 어떻게 다 마련하나?"

치사한 인간, 허세 소장은 결국 모든 걸 주근식 과장에서 뒤집어씌울 생각이었다.

"그, 그건."

주근식 과장이 벌게진 얼굴로 말을 잇지 못했다.

"그래, 나도 이해해. 자식이 하고 싶다는데, 부모가 되어 가지고 어떻게 안 해 줄 수 있겠나? 같은 아비로서 그 마음은 충분히 이해가 가는데, 그래도 작작 해 먹어야지. 추 사장이 그러더군. 자네 때문에 스트레스 받아서 자고 나면 머리가 한 움큼씩 **빠진다고.**"

"아, 아니, 소장님! 지금 그게 무슨 말씀이십니까? 전 소장님이 시키시는 대로……."

"아니, 지금 이 사람이 무슨 소릴 지껄이는 거야? 내가 시키긴 뭘 시켜? 내가 자네 딸내미 바이올린 사 주라고 시켰나, 어? 이 사람이 보자 보자 하니까, 어디다 눈을 희번덕거려? 그 눈 안 깔아?"

허세 소장이 벌게진 얼굴로 자리에서 벌떡 일어났다.

"소장님, 어떻게 저한테 이러실 수가 있습니까? 전, 소장님이 하라는 대로 다 했잖아요!"

"그래그래, 알아. 내가 자네 마음을 왜 모르겠나? 그래서 과장도 남들보다 먼저 달 수 있도록 내가 백방으로 노력한 거 아닌가? 내가 자네 과장 만들려고 교정본부에 가서 얼마나 비벼 댔는 줄 알아?"

"그, 그런데 왜 저한테 그러십니까?"

"그거야, 자네가 너무 티 나게 해 먹어서 어쩔 수가 없잖아! 좀 적당히 해 먹어야지, 이 사람아! 도대체 왜 그렇게 욕심이 많아!"

"소장님, 선처해 주십시오. 다시는 이런 일 없도록 하겠습니다."

주근식 과장이 코가 테이블에 닿도록 바짝 엎드렸다.

"이미 늦었어. 무슨 일이든 책임질 사람이 필요한 거 알잖

아. 그러니까, 이번엔 자네가 날 좀 도와달라고."

"저보고 옷을 벗으라는 겁니까?"

"부탁함세. 내가⋯⋯."

"전, 절대 그렇게는 못 합니다. 왜 저 혼자 이 모든 걸 책임져야 한단 말입니까?"

허세 소장이 손을 잡으려 하자 주근식이 단호히 뿌리쳤다.

"어허, 사람하곤. 똑똑한 사람인 줄 알았는데, 이제 보니 천지 분간을 못 하는구면? 이 사람아! 지금 자네가 책임을 지고 말고 할 수 있는 상황이 아냐! 이미, 감찰반에서 내사를 시작했다고!"

"네? 내, 내사요?"

"그래, 지금 똥인지 된장인지 찍어 먹어 볼 시간이 없어. 지금이라도 자네가 모든 걸 포기해 준다면야, 내가 뒷마무리는 깔끔하게 해 준다니까? 주 과장 식구들도 생각해야지. 공무원이 불명예 퇴직한다는 게 뭘 의미하는지 모르나?"

허세 소장이 날카롭게 주근식을 응시했다.

"⋯⋯소장님."

"그래그래, 모든 건 다 마음먹기 달렸어. 자네만 맘의 결정을 내리면 여러 사람이 편해진다는 걸 왜 몰라? 내가 최대한 편의를 봐줄 테니까, 그렇게 하자고. 응?"

"⋯⋯."

허세 소장은 병 주고 약 주며 온갖 협박과 회유로 주근식 과장을 설득했다.

♥

식자재 창고.

김봉구 계장이 자신의 아지트로 주근식 과장을 불렀다.

"소장님이 뭐라시드나?"

"시팔, 이게 말이 됩니까? 저보고 다 뒤집어쓰랍디다. 전, 절대 그렇게는 못 합니다. 누구 좋은 일 시키라고요."

퉤, 주근식 과장이 악에 받쳐 송곳니를 드러냈다.

"상황이 상황인지라 어쩔 수가 없어. 나도 주 과장 실드를 좀 쳐 보려 했는데, 이번엔 힘들 것 같아. 감찰반에서 냄새를 맡은 것 같거든."

"아니, 감찰반에서 냄새를 맡았으면, 허세 그 인간 냄새를 맡아야지, 왜 접니까? 똥개 새끼처럼 구린내는 그 인간이 다 피워 놓고 다녔는데?"

"서운해할 것 없어, 허세 소장도 얼마 못 갈 거니까."

"네? 그게 무슨 소립니까?"

"자네 말대로 구린내 나는 방귀를 뀌어 대다 보면 똥 나오는 거고, 똥 나오면 치워야지, 가만 놔둘 수 있나."

치지직, 김봉구 계장이 담배에 불을 붙여 꼬나물었다.

"형님, 그러면 전 어떻게 해야 하는 겁니까? 그러니까, 경

파 그룹 건도 저보고 다 뒤집어쓰라는 거 아닙니까, 허세 소
장 말은!"

"그럼 어떡하겠니? 여기서 털자고 하면 안 털리는 인간이
어딨어? 너나 나나 다 같이 죽는 거야. 그나마 한 사람이라
도 남아야 훗날을 도모할 거 아냐?"

"그러니까 결국 저보고 독박 쓰라는 거 아닙니까?"

"할 수 없잖아. 당장 장대비는 피해야 할 것 아냐? 허세 소
장도 얼마 안 남았으니까, 잠시만 좀 쉬고 있어. 상황 정리되
면 자네 복직 문제는 내가 책임질 거니까."

"역시, 정직한하고 김윤찬 그 새끼 때문인 겁니까?"

"그래, 아무래도 우리에 대해 뭔가 알고 있는 눈치야. 어
디까지 알고 있는지는 모르겠지만."

후우, 김봉구 계장이 허공에 담배 연기를 흩뿌렸다.

"정직한, 이 개새끼! 죽여 버릴 거야!"

주근식이 토마토처럼 붉어진 얼굴로 두 주먹을 불끈 쥐었
다.

"근식아, 괜히 경거망동하지 마. 사람은 물러설 때와 나설
때를 구분해야 하는 거야. 여기 일은 이 형한테 맡기고, 넌
좀 쉬다 와."

"어휴! 시팔! 진짜! 내가 어쩌다가……."

쾅!

주근식 과장이 분을 참지 못하고 애먼 벽을 향해 주먹을

날렸다.

"진정해라. 나도 이 두 놈만 생각하면 찢어 죽이고 싶지만, 억지로 참는 거야. 지금은 때가 아니야. 그러니까 형만 믿고 내 말대로 해. 알았지?"

김봉구 계장이 주근식을 다독였다.

"네, 알았수다. 전 형만 믿겠습니다!"

"그래, 아무 걱정 마라."

믿는 도끼가 항상 자기 발등을 찍는 법.

김봉구 계장이 굳게 약속했지만, 이미 돌아올 수 없는 강을 건너 버린 주근식 과장이었다.

그렇게 이번 일은 일단락되는 듯했다. 주근식을 희생양 삼아.

그렇게 해가 바뀌어 이듬해 1월.

"선배님, 김정균입니다!"

언젠가 그의 말대로 동해병원에서 근무하던 김정균이 3주간의 훈련을 마치고 경촌교도소로 발령받아 나를 찾아왔다.

"진짜 우리 교도소로 발령받은 거야? 소장님한테 공보의 한 명이 더 온다는 소린 들었는데, 이렇게 빨리 발령받을 줄은 몰랐거든. 올 하반기에나 올 거라고 했던 것 같은데."

"에이, 제가 여기로 지원할 거라 했잖습니까?"

"아니, 그건 뭐 그냥 예의상 그런 줄 알았지."

"그럴 리가요. 원래, 공보의 3D 업종 중에서 최악이 교도소잖아요. TO는 항상 모자라고요. 뭐, 그냥 지원하면 100퍼죠."

김정균이 해맑게 웃었다.

"아무리 그래도 이렇게 빨리 발령받을 줄은 꿈에도 몰랐어."

"헤헤, 선배님, 저 한번 한다면 하는 사람입니다. 앞으로 잘 부탁합니다. 에이, 바닥이 왜 이렇게 끈적거려?"

"놔둬. 좀 있다 내가 청소할……."

"아닙니다! 의무실은 청결이 생명입니다, 선배님!"

김정균이 대걸레를 집어 들더니 바닥을 닦기 시작했다.

헐!

교도소 인원 대비 의료 인력이 턱없이 부족해 반길 일이긴 하지만, 이렇게 빨리 공보의가 우리 교도소에 올 줄은 몰랐다.

그것도 김정균이 말이다.

백지장도 맞들면 낫다고 없는 것보다는 훨씬 낫겠지. 게다가 김정균은 동해병원에서 근무한 사람 아닌가.

어쩌면 잘된 일일지도 몰랐다.

아무튼 반갑다, 김정균.

그렇게 올해부터 난 후배 김정균과 함께 의무실에서 근무하게 됐다.

💔

의무실.

김봉구 계장이 명치 끝을 꾹꾹 누르며 의무실을 찾아왔다.

"계장님, 어디가 불편하십니까?"

"어휴, 속이 메스껍고 신물도 넘어오고, 명치 끝이 불에 타는 듯하게 아프네요."

김봉구 계장이 괴로운 듯 인상을 찡그렸다.

"그렇군요. 혹시 변 색깔은 어떤가요?"

"때때로 검은 변을 좀 보더라고요. 어휴, 저 어디가 잘못된 겁니까?"

"음, 아무래도 위궤양인 것 같네요. 위에 궤양 때문에 출혈이 생기면 적혈구 속의 헤모글로빈이 위산하고 반응해 헤마틴이라고 어두운 색깔을 띤 물질로 변하게 되거든요. 그게 장을 거쳐 내려오면서 흑변을 보게 되는 겁니다. 흑변까지 봤다면 궤양이 심한 것 같군요."

"후우, 그렇습니까? 그럼 어떻게 해야 되나요?"

"일단, 일주일분 약을 처방해 드릴 테니까, 식후 세 번 복용하시고 증세가 개선되지 않으시면 큰 병원 소화기 내과에

가 보셔야 할 것 같아요. 위 출혈이나 위 출구 폐색 혹은 천공이 있다면, 내시경으로 수술을 해야 할 수도 있습니다. 위궤양이란 병을 너무 과소평가하시면 안 됩니다."

"어휴, 알겠습니다."

"선배님, 위산 억제제하고 항생제 처방하면 되는 거죠?"

제법 눈치가 빠른 친구였다.

김정균이 옆에서 내가 진단하는 과정을 유심히 지켜보더니, 캐비닛 문을 열었다.

각종 약이 각 잡혀 놓여 있는 캐비닛.

모든 약이 플라스틱 케이스에 가지런히 담겨 있었고, 각각의 플라스틱 케이스에는 정갈한 글씨로 약명이 적혀 있었다.

"그래요, 맞습니다. 계장님께 드리세요."

"네."

"하루 세 번 식후 30분에 드셔야 합니다."

"아, 네. 그나저나 저 평소에 궁금한 게 하나 있는데, 왜 약은 식후 30분에 먹어야 하는 건가요? 특별한 이유가 있습니까?"

김봉구 계장이 약 봉투를 받아 들며 물었다.

"아, 네. 위점막 자극도 적고 복용했을 때 약효도 평균적으로 괜찮아 그렇게 말하는데, 사실 크게 차이는 없어요. 약이라는 게, 약효를 제대로 발휘하려면 규칙적으로 먹는 게 중요하거든요. 그래서 식후 30분에 먹으라고 하는 겁니다.

특별히 시간대를 표시하기도 하는데, 비사코딜 성분이 들어 있는 변비약이나 비염약 같은 항히스타민제는 취침 바로 직전에 먹는 게 좋고, 당뇨병 약이나 골다공증 약은 식전에 먹는 게 좋습니다."

김정균이 김봉구 계장에게 친절하게 설명했다.

"아하, 그렇군요! 이런 말 하면 좀 이상할지 모르지만, 김정균 선생은 아주 참한 것 같아요!"

"헤헤, 감사합니다."

"아뇨, 김정균 선생을 보면 기분이 좋아집니다. 정말, 참해요."

"감사합니다!"

김정균이 환한 얼굴로 고개를 숙였다.

"인사성도 바르고, 정말 참하네, 참해! 김윤찬 선생도 그렇게 생각하죠?"

김봉구 계장이 입에 침이 마르도록 칭찬했다.

"네, 그런 것 같네요."

"면전에 대고 그러시면…… 겁나 고맙죠!"

"하하하, 김정균 선생, 유머 감각도 있구먼."

김봉구 계장이 환하게 웃었다.

"계장님, 약 꼬박꼬박 잘 챙겨 드십시오. 위궤양, 이거 가볍게 보시다간 큰코다치십니다. 곧잘 궤양이 심해지면 천공으로 악화되거든요."

"네네, 알겠습니다. 명심하겠습니다. 아! 그건 그렇고, 내가 김윤찬 선생하고 할 말이 좀 있는데, 김정균 선생은 자리 좀 비켜 주실 수 있을까요?"

"네네, 그렇지 않아도 관사 정리하러 갈 참이었습니다."

김정균이 청소 도구를 들고 의무실 밖으로 나갔다.

잠시 후.

"김윤찬 선생, 저 친구, 굉장히 활달하군."

"네, 정균 선생이 온 다음부터 의무실 분위기가 확 밝아진 것 같아요."

"그러게 말입니다. 완전 해피 바이러스군요. 정말, 보기 드문 친구예요. 보통, 공보의들이 이곳에 오면 데면데면하기 마련인데, 저 친구는 그런 게 없네?"

"네, 맞습니다. 붙임성도 있고, 실력도 있는 것 같아요."

"오! 실력이 그렇게 뛰어납니까?"

"네, 제 판단으론 같은 연차 레지던트들에 비해 우수한 것 같습니다, 여러모로."

"아이고, 우리 교도소에 이런 훌륭한 의사가 두 명이나 들어오다니, 복 받았군요, 복 받았어!"

허허허, 김봉구 계장이 너털거렸다.

"네, 저도 기대가 큽니다."

"그러면 앞으로 김윤찬 선생이 짐을 많이 덜 수 있겠네.

그동안 혼자서 고생 많았잖아?"

"왠지 뒷방 늙은이 취급을 당하는 기분입니다?"

"하하하, 그런가? 원래 다 그런 게 아닌가? 장강의 뒤쪽 물이 앞쪽 물을 밀어내듯이 말이야."

김봉구 계장이 은근슬쩍 속내를 드러냈다.

"농담인 줄 알았는데, 농담이 아닌가 봅니다? 저 여기 온 지 이제 1년밖에 안 지났는데."

"시작이 반이라고 하지 않았나?"

김봉구 계장이 피식거리며 자리에서 일어났다.

"혹시, 김정균 선생이 일정보다 빠르게 우리 교도소로 온 것도 이 때문입니까?"

"뭐, 그거야 자네가 원하던 바 아닌가? 내가 알기론 소장 님한테 직접 충원해 달라고 했던 것 같은데?"

"네, 그렇긴 합니다만, 혹시 김정균……."

"아아, 거기까진 아니야. 김정균 선생이 온 건 우연의 일 치일 뿐이라고, TO가 났고 때마침 김정균 선생이 지원한 거야."

"거기까진 아니다? 그러면 최소한 이른 공보의 충원에 계 장님의 입김이 들어간 건 맞는 거군요."

"하하하, 그렇게 되나?"

김봉구 계장이 멋쩍은 듯 뒷머리를 긁적거렸다.

"정말 농담이 아니신가 봅니다?"

"그거야 자네가 알아서 해석하면 될 것이고. 그나저나 내가 뭐 하나만 물어봐도 되겠나? 궁금한 게 하나 있어서. 자네는 잘 알 것 같아서 말이야."

"네, 그러십시오."

"뭐, 시중에 판매되는 약 있잖나. 알로에나 비타민, 오메가3 같은?"

"네, 그게 왜요?"

"그거 좋다고 과하게 먹으면 몸에 해롭다면서?"

"물론이죠. 사자성어 중에 과유불급이라는 말도 있으니까요."

"그래그래, 뭐든지 과하면 모자람만 못하지 않은가?"

그러니까, 이쯤에서 한 발 빼라 이건가?

"그럼요. 뭐든지 과하면 체하기 마련이죠."

"그래그래, 자네는 이제 곧 돌아갈 사람 아닌가? 우린 이곳이 삶의 터전이야. 결국, 자넨 손님이라는 얘길세."

손님이면 손님답게 대접해 주는 대로 잘 받고 조용히 있다 가라는 뜻이리라.

"네, 무슨 뜻인지 알겠습니다."

"아이고, 확실히 많이 배운 사람이라서 말귀를 잘 알아먹는구먼. 지난번 일로 우리도 타격이 커. 제대로 된 교도관 하나 양성하기가 얼마나 어려운 줄 아나?"

주근식 과장 경질을 의미하는 듯했다.

지난번 일로 주근식 과장은 경질과 함께 경찰 조사를 받게 되었고, 이와 함께 몇몇 교도관들도 옷을 벗게 되었다.

"죄를 지었으면 벌을 받아야 하는 것이 당연지사지요."

"후후후, 그래. 그러니까 그만하면 됐다는 걸세. 우리 서로 좋은 게 좋은 거 아닌가. 이제 앞으로는 서로 얼굴 붉히는 일은 없도록 합시다. 김 선생은 재소자들 아프면 치료하는 게 일이고, 그런 재소자들을 관리하는 게 우리네 업이야."

　이제 더 이상 선을 넘지 말라는 경고인 게 분명하다.

"네, 명심하겠습니다."

"그래요. 우리 김윤찬 선생이 지어 준 약은 잘 복용토록 할게요. 고맙습니다."

"고맙긴요. 환자가 아프면 치료를 해 주는 게, 제 임무지 않습니까?"

"그래요. 앞으로도 우리 교도소 잘 좀 부탁합시다. 김윤찬 선생에 김정균 선생까지 합류해 얼마나 안심이 되는지 몰라."

"네, 있는 동안 열심히 하겠습니다."

"고맙군. 그럼 들어감세. 그나저나 내일이 주말인데 뭐 하나? 특별한 일 없으면 나랑 낚시나 갈까? 여기서 멀지 않은 곳에 손맛 제대로 느낄 수 있는 저수지가 있는데 말이야."

"아이고, 저도 가고 싶은데, 주말 동안 할 일이 좀 있어서요. 관사도 정리해야 하고요."

"그렇군. 아쉽네, 원래 낚시는 겨울 낚시가 제맛인데."

"이번만 기회가 아니지 않습니까? 다음에 같이 가시죠."

"그래요. 그럽시다."

"근데, 김 계장님."

난 그렇게 의무실을 나서려는 김봉구 계장의 발걸음을 멈춰 세웠다.

"응? 뭐지?"

"아…… 계장님이 하신 말씀 중에 틀린 내용이 있어서 좀 정정하려고요."

"정정?"

"네, 오메가3나 알로에 베라는 약이 아니라 건강 보조 식품입니다. 말 그대로 식품이지 약은 아닙니다."

"아, 그런가?"

"네네, 보통 사람들이 착각을 하는 것 같더라고요. 건강 보조 식품과 약을."

"허허허, 그렇구먼, 난 그냥 똑같은 약인 줄 알았지."

김봉구 계장이 별거 아니라는 듯이 어깨를 으쓱거렸다.

"그러니까 아픈 사람은 약을 먹어야지, 건강 보조 식품을 섭취해서는 치료가 되질 않는다는 걸 바로잡아 드리고 싶어서요."

영리한 사람이니 이쯤 해 두면 무슨 말인지 알아들었으리라.

"후후후, 그러고 보니 그렇구먼."

예상대로 김봉구 계장의 얼굴근육이 미세하게 떨렸고, 난 그 떨림을 놓치지 않았다.

"병에 걸린 환자에겐 적절한 진단과 치료, 그리고 그에 맞는 약을 써야 병을 치료할 수 있는 겁니다. 그리고 전, 그 병을 치료하고 약을 처방하는 의사라는 걸 다시 한번 말씀드리고 싶어서요. 계장님이 말씀하신 것처럼."

"당연하지. 그게 자네의 업이니까."

"네, 그래서 전 앞으로도 제 본분에 맞게 치료하고 적절하게 약을 처방토록 하겠습니다. 그게 사람이든 뭐든 간에요. 늘 그래 왔던 것처럼."

"늘 그래 왔던 것처럼이라……. 사람이든 뭐든?"

김봉구 계장이 한쪽 입꼬리를 말아 올렸다.

"네, 예전에도 그랬고, 지금도 앞으로도 전 사람을 치료하는 의사니까요."

"……어쩐지 좀 쉽다 했어요, 그쵸? 사람하곤……."

허허허, 김봉구 계장이 나를 향해 검지를 흔들며 의무실을 빠져나갔다.

애초에 주근식 따위만 솎아 내려 시작한 일이 아니다. 게임으로 치자면 그는 그저 중간 보스에 지나지 않으니까.

이젠 최종 보스와의 싸움을 시작할 때였다.

♥

그리고 며칠 후.

배신남 교도관이 환자 한 명과 함께 의무실을 찾아왔다.

그는 수감번호 3544, 차세대. 30대 초반의 재소자였다.

교도관의 부축을 받고 들어오는 것으로 볼 때, 다리 부상
인 듯싶었다.

도대체 어디가 아픈 것이냐?

다른 교도소와 달리 경촌교도소 내 구타는 일반적인 관행이다.

같은 방 재소자들끼리 반찬을 놓고 싸우기도 하고, 간식을 놓고 살벌한 개싸움을 벌이기도 하며, 암암리에 왕따 재소자를 놓고 집단 구타가 발생하기도 하는 곳이 바로 이곳 교도소다.

딱한 사정으로.

억울한 누명으로.

교도소에 수감된 사람들도 있지만, 대부분의 재소자는 사회에서 격리되어야 마땅할 정도로 악행을 저지른 자들이다.

그래서 그들은 위험하다. 시한폭탄 같은 존재다.

그래서 교도소 구타는 빈번하게 일어난다.

하지만 교도소란 곳은 합법적인(?) 구타도 공공연하게 이뤄지는 곳이기도 하다.

교도소 규칙을 어겼다는 이유로, 무자비한 폭력이 자행되기도 한다.

교도소 규칙을 위반한 대가는 너무나도 혹독했다.

보안과 지하실이 바로 이런 합법적인(?) 구타가 이뤄지는 장소였다.

아무튼 재소자들은 이런저런 이유로 맞는다.

자기들끼리 치고받고 싸울 때도 있고, 징벌이란 이유로 교도관에 의해 일방적으로 맞기도 한다.

하지만 결론은 언제나 하나.

재소자 중 그 누군가가 구타를 당했다면, 그건 언제나 재소자 간의 싸움으로 결론이 났었다.

"어떻게 된 겁니까?"

3544 차세대가 발을 절뚝거리며 의자에 앉았다.

"......"

"재소자들끼리 축구를 하다가 정강이를 발에 차였습니다."

배신남 교도관이 차세대를 대신해 답했다.

"저는 지금 3544에게 물었습니다. 3544, 어떻게 된 겁니까?"

"네?"

"지금 이 상처가 왜 생긴 거냐고 물었습니다."

"네. 교, 교도관님 말씀대로 축구 하다 다쳤습니다."

내가 3544의 정강이를 가리키고 나서야 더듬더듬 대답을 했다. 차세대가 배신남 교도관을 힐끗 보더니, 고개를 숙이며 말한 것이다.

"그렇군요. 저기 베드 위에 누워 보십시오."

"네."

정강이가 퉁퉁 부어 있었다.

하지만 부러진 것은 아니다. 대개 정강이가 부러진 경우라면 절둑거리는 정도가 아니라, 아예 걷지도 못했을 테니까.

내 예상이 맞다면 정강이뼈에 금이 생겼을 가능성이 농후했다.

"아아악!"

정강이에 손만 갖다 대도 자지러지게 비명을 질러 대는 차세대였다.

"많이 아픕니까?"

"어아아악, 아파 죽을 것 같아요."

손가락으로 가볍게 누르기만 해도 3544가 진저리를 치며 괴로워했다.

"3544! 엄살 피우지 마라."

그러자 배신남 교도관이 미간을 찌푸리며 꾸짖었다.

"네, 앞으로는 조심하겠습니다."

뭐야? 뭘 조심해?

"교도관님은 이만 나가 보시죠."

"아니요, 그건 교도소 규칙 위반입니다. 치료가 완료될 때까지 있겠습니다."

배신남 교도관은 옴짝달싹도 하지 않았다.

3544가 혹시나 뭔가 쓸데없는 말을 할까, 감시하고 있는 것이 틀림없었다.

아무튼 3544의 부상 부위는 심각했다.

흔히 정강이라고 부르는 부위.

무릎 바로 아래부터 발목까지를 의미한다. 그 정강이를 이루는 뼈를 경골이라고 부른다.

경골은 대략 30센티 정도로 우리 몸에서 대퇴골 다음으로 큰 뼈이며, 사람의 몸을 지탱해 주는 아주 중요한 뼈였다.

허벅지 뼈의 경우, 두꺼운 근육이 통뼈를 감싸고 있어서 뼈 자체가 상하는 경우는 드무나, 경골은 뼈를 감싸고 있는 근육이 얇고 뼈 줄기가 외부로 드러나 있어서 작은 충격에 의해서도 금이 가거나 부러지기 일쑤다.

따라서 배신남 교도관의 말대로 축구를 하다가 다칠 수도 있고, 오토바이를 타고 가다 넘어져 다칠 수도 있다.

하지만 이건 말도 안 되는 소리.

교도소 재소자들은 끈이 달린 신발을 신을 수가 없다. 즉,

축구화를 신고 축구를 할 수 없다는 것. 기껏해야 학생들이 신는 실내화 같은 형태의 운동화를 신고 축구를 한다.

따라서 그들이 신고 있는 운동화는 축구화 스터드처럼 날카로운 부분이 있거나 단단하지도 않다는 뜻.

재소자들이 신고 있는 무른 운동화 끝으로 아무리 세게 정강이를 가격한다 할지라도 경골에 금이 가거나 부러지는 일은 결코 일어날 수가 없다.

따라서 3544(차세대)의 상처는 구두 내지는 군화에 의해 생긴 것이 틀림없었다.

교도소 내에서 구두나 군화를 신을 수 있는 존재는 오로지 교도관들뿐. 결론은 교도관들에 의한 구타가 틀림없다는 것이 내 생각이었다.

"제가 볼 때는 경골에 금이 갔거나 골절일 수도 있습니다. 그러니 정형외과에 가서 치료를 받아야 할 것 같군요."

"하아, 그냥 선생님이 치료해 주시면 안 되겠습니까? 전에 보면 부목 같은 걸 대 주면 되던데."

전에 보면?

그러니까 이런 케이스가 꽤 있었다는 거지?

그리고 보니, 3544의 얼굴 이곳저곳에 상처가 나 있었다.

눈두덩이를 꿰맨 흔적도 보였고, 심지어는 변위된 뼈를 정복하고 고정한 흔적이 보이는 광대까지. 즉, 누군가의 구타에 의해 광대뼈가 함몰된 것으로 추정되는 흔적이었다.

그리고 온몸 곳곳에 생긴 멍 자국까지.

"이보세요, 교도관님! 제가 할 수 있는 치료가 있고 할 수 없는 치료가 있습니다. 정형외과에 가서 금이 갔으면 반드시 깁스를 해야 하고, 골절이면 수술 치료를 해야 합니다."

"아, 알았습니다. 일단, 김봉구 계장님께 보고하겠습니다."

재소자들의 모든 외부 치료는 김봉구 계장의 결재가 필요했다.

"보고를 하든 말든 상관없지만, 반드시 치료는 받아야 합니다."

"네에, 알겠습니다."

"네, 일단 부기가 심해 통증이 있을 테니, 진통제와 소염제 처방은 해 드리겠습니다. 하지만 내일이라도 당장 외부 병원에 의뢰하십시오."

"네."

"어휴, 선배님, 저 3544, 축구 때문에 다친 거 아닌 것 같은데요?"

배신남 교도관의 부축을 받은 채 3544가 밖으로 나가자, 김정균이 눈매를 좁히며 말했다.

"그럼?"

"제가 보기엔 누군가에게 맞은 것 같은데……."

김정균이 턱 밑을 문지르며 고개를 갸웃거렸다.

"글쎄? 의사로서 쓸데없는 추측은 금물이야. 특히, 이곳은 일반 병원이 아닌 교도소 의무실이라는 걸 명심해. 괜한 추측으로 문제가 생길 수도 있어."

"아, 네. 알겠습니다. 그나저나 제가 여기 온 지 한 달 정도 됐는데, 여기 시설이 너무 낙후된 것 같아요. 게다가 교도관들도 재소자들을 너무 험하게 다루는 것 같고요. "

"그렇게 보였나?"

"네네, 너무 재소자들을 비인격적으로 대하는 것 같아요. 다른 교도소들도 다 이렇습니까?"

"그럴 리가. 요즘이 어떤 세상인데 재소자들의 인권을 유린하나? 다른 데는 절대 그렇지 않아. 유독 이곳이 심할 뿐이지."

"이유가 뭘까요?"

"당연히 돈 때문이겠지?"

"네? 돈요? 교도소야 나라에서 지어 주고 관리해 주는데 무슨 돈이 필요합니까?"

"후후후, 여기도 사람 사는 데야. 당연히 돈이 중요하지."

"잘 이해가 되질 않는데요?"

김정균이 고개를 갸웃거렸다.

"교도소도 부익부빈익빈이 존재하는 곳이라고 하면 적절한 비유가 될까? 교도소마다 환경이 달라. 뉴스 톱기사를 장식할 만큼 어떤 재소자들은 소장도 함부로 못 할 정도로 거물급이잖아. 그런 재소자들을 함부로 대할 수 있겠나?"

"아하, 그거야 그렇죠!"

"그래, 그렇게 교도소를 줄 세워 보면, 아마 우리 교도소는 끝에서 다섯 손가락 안에 들 거야. 여긴 주로 돈 없고 빽 없는 사람들이 입소하는 곳이야. 따라서 정부 지원도 빈약하고."

"음, 그렇군요."

"곳간에서 인심 난다고 하잖아. 교도관이나 재소자나 모두 기피하는 교도소다 보니 다들 성질이 날카로워져 있어서 그래."

"아, 네."

김정균이 알겠다는 듯이 고개를 끄덕였다.

"김정균 선생, 저기 캐비닛에서 3544(차세대) 진료 기록부 좀 갖다줘요."

난 3544의 진료 기록을 살펴볼 필요가 있었다.

"네, 알겠습니다."

그렇게 살펴본 3544의 진료 기록은 온통 외상뿐이었다.

스칼프 라설레이션(두피 열상)으로 정수리와 뒤통수 사이에 약 5센티 열상, 스킨 스테이플러로 고정.

프랙처 오브 메일러 앤드 맥실러리 본즈(Fracture of malar and maxillary bones, 광대뼈 및 윗턱뼈 골절)로 10일간 동해병원 입원.

이외에도 온통 외상에 의한 치료 이력들뿐이었다.

그리고 또 하나의 특이한 병력.

히어링 디스털번스(청력 장애) 호소.

청력 장애 호소?

그러면 좀 전에 내.말을 잘 못 알아먹었던 것이 이 때문인가?

결국, 구타에 의해 고막이 손상된 건가?

3544는 거의 매년 1회씩 정기적으로 구타를 당하고 있던 것이 틀림없었다.

그렇게 3544(차세대)가 의무실을 다녀간 이후.

하루, 이틀, 사흘이 지나도록 3544(차세대)는 외부 병원 치료를 받으러 가지 않았다.

아니, 교도소 측에서 외부 병원으로 전원시키지 않았다는 것이 좀 더 정확한 표현이었으리라.

이유는 뻔하다.

"계장님, 3544는 어떻게 된 겁니까?"

"3544가 왜요? 무슨 일이 있습니까?"

김봉구 계장이 모르는 척 시치미를 뗐다. 모든 것을 다 알고 있으면서 말이다.

"제가 외부 병원에 전원시켜 치료를 받으라고 한 지가 3일이 넘었습니다. 그런데도 왜 그대로 방치하시는 겁니까? 3544 저대로 놔뒀다가는 한쪽 다리 날릴 수도 있어요."

"후우, 그게 나도 난감해요. 3544가 병원은 죽어라 안 가겠다는 걸 어떻게 합니까?"

"네? 왜죠?"

"그러니까 나도 미치겠다는 거 아닙니까? 저렇게 방치하면 병이 악화될 텐데, 나도 답답해 죽겠소. 근데, 본인이 싫다면 우리도 어쩔 수 없는 것 아니오. 우리가 강제로 데리고 갈 수는 없는 겁니다. 가뜩이나 인권, 인권 떠들어 대는 세상인데."

김봉구 계장이 어쩔 수 없다는 듯이 양손을 펼쳐 보였다.

"계장님, 인권이란 말은 이럴 때 쓰는 단어가 아닌 것 같군요."

"아무튼, 병원에 강제로 데리고 갈 수는 없어요. 다행히 김윤찬 선생이 처방을 잘해 줘서 통증도 없다고 하더라고요."

"그거야, 진통…… 됐고요. 오늘이라도 당장, 정형외과에 보내십시오. 그러지 않으면, 교정본부에 제가 직접 보고토록 하겠습니다."

"아, 알았어. 김 선생, 흥분하지 마. 내가 다시 설득해 볼 테니까. 보내면 되잖습니까. 김윤찬 선생만큼 우리도 재소자들에게 신경 씁니다. 너무 그렇게 몰아붙이지 마십시오."

김봉구 계장이 반말인 듯 존대인 듯 애매한 어투로 답했다.

"네, 당장 조치를 취해 주십시오. 소장님 결재가 필요하다면 제가 직접 받도록 하겠습니다."

"그럴 필요가 있겠나? 내 선에서 알아서 처리함세. 허 소장이 요즘 좀 바빠서 말이야. 이런저런 일로 교정본부에 불려 다니느라."

허 소장님이 아닌 허 소장이라…….

그래, 그땐 전혀 몰랐지.

어쩌면 이 교도소의 실질적인 주인은 허세 소장이 아닌, 김봉구 계장일지도 모른다는 것을.

"네, 바로 조치를 취해 주십시오."

"아이고, 우리 김윤찬 선생이 재소자 생각하는 마음이 끔찍하구먼. 나, 이만 감세."

김봉구 계장이 빈정거리며 자리에서 일어났다.

결국, 두 번, 세 번 계속되는 요구 끝에 마지못해 김봉구 계장은 내 의견을 들어주었고, 3544(차세대)는 치료를 받을 수 있었다.

다행히 경골이 부러지진 않아, 석고붕대로 고정하는 정도에서 치료가 가능했다.

의무관사.

"정 과장님, 어제 지안이가 왔다 갔다면서요?"

마침내 꿈에 그리던 딸과 상봉한 김범식이었다.

"그래, 이제야 3100(김범식)이 S4 족쇄가 풀렸거든. 하아, 도대체 왜 3100이 S4였는지 이해가 안 돼."

정직한 과장이 고개를 가로저었다.

수감자는 죄질의 정도에 따라 S1(개방 처우), S2(완화 처우), S3(일반 경비 시설), S4(중경비 시설) 이렇게 네 개의 등급으로 나뉜다.

이렇게 나뉜 등급에 따라 교도소 측은 일반 면회 가능 횟수에 차등을 두었다.

S1등급의 경우 면회가 자유로운 반면, S4등급이 되면 일반 면회, 즉 가족이나 친지 또는 지인 면회가 극도로 제한될 수밖에 없었다.

그동안 김범식은 S4등급에 해당되어 전혀 면회가 불가능했지만, 합창 대회 우승을 계기로 일반 경비 시설 단계인 S3로 분류되어 딸 지안이를 만날 수 있었다.

"그나마 다행이군요."

"그래. 뭐 지금이라도 S4가 풀렸으니 다행이긴 한데, 좀 씁쓸해."

"뭐, 지나간 일이니 어쩔 수 없는 거죠. 그나저나, 지안이는 잘 지내고 있는 거죠?"

"그래, 얼굴이 많이 좋아졌더라. 나도 같이 가서 만났는데, 안색도 좋고 머리카락도 많이 길었어. 3100이 부탁해서 헤어핀 하나 사다 줬거든."

고함 교수가 집도한 수술은 당연히 성공적이었다.

"잘하셨네요. 지안이가 머리핀 가지고 싶어 했잖아요."

"그래그래. 네 덕에 서울 연희병원으로 옮겨서 치료를 받는다고 하더라. 치료비는 익명의 후원자가 지속적으로 대 주는 것 같더라고. 누군지 모르겠지만, 정말, 정말 고마운 분이더라."

우리 김 할머니가 어련하시려고요!

아무 걱정 마세요. 지안이 치료비는 물론이고, 앞으로 지안이가 꿈을 이룰 수 있도록 김 할머니가 돌봐 줄 겁니다.

"정말 잘됐군요. 이제 3100, 재심만 통과되면 모든 게 잘 풀리겠네요."

모든 게 잘 풀려 갈 듯했다.

"하아, 그게 그렇게 말처럼 쉽지는 않아. 워낙 오래된 사건이라, 남아 있는 증거도 없고, 게다가 상대가 워낙 거물이라 통과 자체가 쉽지가 않을 것 같아. 넘어야 할 산이 너무 많아."

정직한 과장이 고개를 가로저으며 아랫입술을 잘근거렸다.

거물이라고 해 봐야 국회의원 정도 아닙니까? 그건 걱정하지 마십시오. 제게 제대로 된 비빌 언덕이 있으니까.

"뭐, 그래도 하는 데까진 해 봐야죠. 하늘은 스스로 돕는 자를 돕는다고 하잖아요. 떠오르는 해를 누가 막을 수 있을까요? 손바닥으로 해를 가린다고 가려지는 게 아니듯, 진실은 반드시 수면 위로 떠오를 겁니다, 반드시!"

"그래, 진짜 하느님이 계신다면 우리 진심이 통하겠지. 아무튼, 3100 재심은 내가 신경 쓸 테니, 넌 좀 자중하는 게 좋겠어. 괜히 나서지 말고."

지난번 일로 내가 소장 이하 교도 간부들 사이에 미운털이 박힌 걸 걱정하는 모양이었다.

"한데 앉아서 음지 걱정해 주시는 겁니까? 전 솔직히 저보단 과장님이 더 걱정입니다."

"하하하, 별걱정을 다 하네. 나 이거 항상 몸에 지니고 다녀. 걱정 마라. 언제든지 잘릴 각오쯤은 되어 있으니까."

정직한 과장이 윗주머니에서 사표를 꺼내 보이며 환하게 웃었다.

정말 좋은 사람이야. 그때는 왜 몰랐을까?

회귀 전, 정말 난 누구의 말대로 눈 감고, 귀 막고, 입 닫고 3년을 지냈던 것 같았다.

"뭐, 잘리시면 우리 병원으로 오시죠. 정 과장님 정도 스펙이면 보안 요원으로 손색이 없을 것 같은데요?"

"그래? 네가 너네 병원에 꽂아 주는 거냐?"

"뭐, 꽂아 준다기보단, 이력서를 내시라는 거죠."

"하하하, 그럴 줄 알았다, 인간아!"

"그나저나 정 과장님, 3544(차세대)는 어떻게 된 겁니까?"

이쯤 되면, 3544가 왜 그렇게 지속적으로 구타를 당하는지 궁금하지 않을 수 없었다.

"후우~."

정직한 과장은 내 질문에 한숨만 내쉴 뿐이었다.

"무슨 일인데요?"

"그게 말이야…… 쉽지가 않다."

"그게 무슨 소립니까? 쉽지가 않다뇨?"

"3544가 사람들한테 너무 많은 미움을 샀어."

정직한 과장이 미간을 찌푸렸다.

"좀 더 자세히 설명해 주실 수 있습니까?"

"그래, 어차피 내가 말 안 해 준다고 네가 그냥 넘어갈 사람도 아니니까."

그렇게 정직한 과장이 3544에 관한 사연을 내게 설명해 주었다.

같은 방 수감자들로부터 왕따를 당했던 3544.

교도관들이 알게 모르게, 같은 방 수감자들의 폭력이 지속되었고, 더 이상 참지못한 3544(차세대)가 교도소 측에 신고를 했지만, 교도관들이 이를 무시했던 것.

그 일을 계기로 재소자들의 폭력은 더욱더 교묘하고 잔인해졌고, 이러다가는 죽을지도 모른다는 공포감에 휩싸인 3544가 법무부에 투서를 보내고 말았다.

이에 경촌교도소 소장 및 담당 교도관들이 이런저런 크고 작은 징계를 받았고, 3544를 괴롭혔던 수감자들 역시 곤혹을 치렀다.

그 일로 인해 3544는 교도관 및 같은 재소자 들의 눈 밖에 나, 안팎으로 린치를 당했다는 것이 정직한 과장의 설명이었다.

"그래서 계속 구타를 당했다는 겁니까?"

"그래, 원래 보안과 지하실이 그런 용도니까. 우리 교도소뿐만 아니라 다른 곳도 비슷해. 정도의 차이만 있을 뿐."

"지금이 쌍팔년도도 아니고 그런 게 존재한다는 게 어이가 없군요."

"재소자들의 인권이다 뭐다 아무리 떠들어 대도, 이 악습은 없어지지 않을 거야. 이 방법만큼 재소자들을 통제하기 쉬운 것도 없거든. 재소자들에 대한 편견을 지탱하는 힘이 바로 폭력이니까."

정직한 과장이 씁쓸한 듯 입맛을 다셨다.

"아뇨, 그렇다고 해서 폭력이 정당화될 순 없습니다. 그게 법과 규칙이 존재하는 이유이기도 하고요. 잘못을 했거나 규칙을 어겼다면 성문화된 법에 의해 처벌하면 됩니다. 그 누구도 재소자라고 해서 폭력을 행사할 순 없는 거니까요."

"그렇긴 한데, 그게 말처럼 쉽지가 않다."

"이 모든 일을 소장님도 아십니까?"

"글쎄? 소장이 알아서 뭐 할까 싶다."

"그게 무슨 말씀이십니까?"

"소장이 알 필요가 있나 싶다는 뜻이야. 모든 건, 김봉구 계장이 알아서 결정하니까."

"김봉구 계장이 그 정도입니까?"

"김봉구 계장이 이 교도소의 실질적인 주인이나 다름없지. 사실, 소장도 김봉구 계장은 함부로 터치할 수 없으니까. 아니지 터치란 말은 어울리지 않아. 내가 보기엔 소장 위에 김봉구가 있으니까."

"그게 말이 됩니까? 그 어느 곳보다 서열과 직급을 중요하게 따지는 곳이 이곳인데."

"그 서열이라는 게 눈에 보이는 것이 있고, 보이지 않는 게 있어. 눈에 보이는 게 다가 아니거든."

정직한 과장이 답답한 듯 입술을 잘근거렸다.

"도대체 김봉구란 사람이 어떤 사람이기에 이러는 겁니까?"

"흐음, 아마 김봉구 계장이 맘만 먹으면 재소자들을 출퇴근시킬 수도 있을 거야."

"출퇴근요?"

"그래, 범털이나 용털 같은 재소자들은 담배는 물론이고, 핸드폰, 외박까지 가능하니까. 김봉구 계장의 뒷배가 장난 아니란 소문이야."

"······."

"사실, 내가 아직 하지 않은 말이 있는데, 이왕 말 나온 김에 전부 해 주마."

"네, 말씀하세요."

"사실, 3100의 재소 건이 자꾸 무산되는 것도 김봉구 계장이랑 전혀 무관하지 않다는 것이 내 추측이거든. 재소할 때, 수감자의 수감 생활도 매우 중요해. 그런데 3100이 아무리 모범적으로 생활한다고 해도, S4등급 때리고 보고서 날조하면 말짱 황이지."

"그렇다면 결국, 김봉구의 뒤엔 김치한 국회의원이 있다는 겁니까?"

"음, 일단 내 생각으론 그래. 근데, 윤찬아! 내가 노파심에 당부하는데, 더 이상은 파고들려고 하지 마라. 다른 사람은 몰라도 솔직히 김봉구 계장은 나도 좀 두렵다. 괜히 너만 다칠 수 있어, 어?"

정직한 과장은 걱정이 되는지 내 손을 움켜잡았다.

"네, 걱정 마세요. 그건 제가 알아서 하겠습니다."

"그러니까, 더 걱정된다고, 인마! 앞길이 창창한 네가 괜히 쓸데없는 일에 휘말려서 곤경에 빠질까 봐 걱정이야. 제발, 무모한 짓은 하지 말자, 응?"

"아니요, 이미 산에 들어가 버렸는데, 어떻게 호랑이를 피하겠습니까? 호랑이를 때려잡든가 잡아먹히든가 둘 중 하나죠."

"어휴, 미치겠네. 나도 모르겠다. 네 맘대로 해라. 하지만, 명심해야 될 거야. 김봉구 그 사람, 절대 만만한 사람 아니야. 알지?"

"네, 뭐 과장님만 도와주신다면 해볼 만한 싸움이지 않겠어요?"

"나?"

깜짝 놀란 정직한 과장이 손가락으로 자신을 가리켰다.

"네, 과장님요. 여기 과장님 말고 누가 또 있어요?"

"하아, 아무튼 내가 지금 너한테 오지게 걸린 거지?"

정직한 과장이 난감한 듯 입술에 침을 둘렀다.

"그러면 혼자만 사시려고 그랬습니까? 아무튼, 과장님 말씀대로 그렇게 무데뽀로 덤비지는 않을 테니, 너무 걱정 마세요."

"후우, 올해부터 삼재라고 하더만, 정초부터 재수 옴 붙었군."

정직한 과장이 자포자기한 듯 숨을 내쉬었다.

"일단 과장님이 피아 식별 좀 해 주시죠? 그 일이 가장 우선일 것 같은데."

"그래그래, 알았다. 뭐, 이렇게 된 거 하는 데까지 해 보는 거지. 죽기밖에 더하겠냐?"

"그럼요. 살려고 하면 죽을 것이고, 죽자고 덤비면 살 것이란 말도 있잖습니까? 뭐, 죽기 아니면 까무러치기죠."

자, 지금부터 슬슬 호랑이 사냥을 나가 볼까?

서두르지 않고 천천히.

하지만 철저하게 계산해서.

그러지 않으면 우리가 잡아먹힐 수도 있으니까.

교도소 의무실.

소장에게 업무 보고를 마치고 의무실로 돌아오는데, 3544(차세대)가 교도관과 함께 의무실을 빠져나갔다. 아마도, 의무실에서 치료를 받고 돌아가는 모양이었다.

"김정균 선생, 3544 뭐야? 또 다리에 문제가 생긴 건가?"

"아뇨! 오늘은 다른 데가 아파서 왔어요."

"다른 데? 어디가 아픈 건데?"

"유리너리 트랙트 인펙션(요로 감염)인 것 같아요."

"요로 감염? 요로 감염이라고 진단한 근거는?"

"발열에 몸살을 앓듯이 오한이 들고, 옆구리 통증에 배뇨 장애가 심각하다고 하더라고요. 아무래도 상부 요로 감염인 것 같습니다."

일단, 김정균의 진단은 틀리지 않았다.

"그래서 어떻게 처방했어?"

"네, 물을 자주 마시라고 했고, 항생제 처방했습니다. 제 생각엔 그리 심한 증세는 아니어서, 항생제 몇 알 먹으면 좋아질 것 같아요."

"그래? 잘했네."

"어휴, 그나저나 여기 감방 시설이 너무 낙후되고, 화장실 위생 상태도 안 좋아서 문제예요. 아마 박테리아나 세균, 곰팡이가 득실득실할 겁니다. 칸디다균 같은 거요. 교도소에 얘기해서 화장실 소독 좀 해야 할 것 같습니다."

김정균이 인상을 구기며 혀를 내둘렀다.

"그래, 그거 좋은 생각이군. 내가 위쪽에 한번 제안해 볼게. 그나저나 김정균 선생, 제법이네? 기본기가 탄탄해 보여."

"헤헤헤, 감사합니다, 선배님."

아무튼, 나름 똘똘한 후배 공보의가 들어와서 업무가 훨씬 수월해진 것 같았다.

며칠 후.

"3544! 또 웬일이야??"

며칠 전, 김정균의 진료를 받고 돌아간 3544(차세대)가 어이없게 또다시 의무실을 찾아왔다.

교도관과 함께 다시 의무실을 찾은 3544. 잔뜩 찡그린 표정을 볼 때, 뭔가 상태가 좋지 않아 보였다.

3544 차세대가 몸을 숙인 채, 얼굴을 들지 않았다.

"교도관님, 무슨 일입니까?"

"하아, 이 인간이 작업 중에 삽으로 3389를 내리찍어 버렸어요."

"삽으로요?"

"고의적으로?"

"저 인간 말로는 앞이 잘 안 보여서 실수를 했다고 하더라고요. 아무튼, 발등을 찍힌 3389가 빠쳐서 이 인간 얼굴을 이렇게 만들어 놨네요. 3544! 얼굴 들고 선생님한테 보여 드려."

"……."

"이 새끼가 귀가 먹었나? 얼굴 들라고!"

3544가 말을 잘 알아듣지 못하자 교도관이 소릴 질렀다.

"네?"

"얼굴 들라고! 씨!"

교도관이 송곳니를 드러내며 진압봉을 집어 들려 했다.

"아, 네. 죄송합니다."

"교도관님은 밖에서 기다리세요."

"아닙니다. 이 새끼가 무슨 짓을 할지 모릅니다."

"괜찮으니까 문밖에서 기다리십시오. 치료에 방해됩니다."

"하아, 알겠습니다. 그러면 바로 문밖에 있을 테니, 무슨 일 있으면 바로 연락하십시오."

저번에는 기어코 같이 있겠다고 하더니, 이번에는 켕기는 게 없는지 교도관이 순순히 나갔다.

"네, 알겠습니다."

"3544! 너 똑바로 해라, 이 사고뭉치야."

"……."

탁, 교도관이 3544의 머리를 툭 건드리며 밖으로 나갔다.

3544 차세대.

어눌한 표정에 초점 없는 눈동자.

주먹질을 당했는지 곤죽이 되어 버린 3544의 얼굴.

눈은 통통 부어 있었고, 코피가 터졌는지 입고 있던 셔츠에 핏자국이 선명하게 남아 있었다.

"맞은 겁니까?"

"네? 네에."

항상 뭔가를 물어보면 한 템포 늦게 답하는 3544였다.

"말이 잘 안 들리면 글로 쓸 테니, 이 메모지에 답해요."

난 서랍에서 메모지와 펜을 꺼내 그에게 내밀었다.

"네."

청각장애는 언제부터 있었습니까?

눈두덩이가 부어 있긴 했지만 꿰맬 정도는 아니었고, 코피는 좀 났지만 코뼈가 부러진 것 또한 아니었다.

난 지금 3544의 얼굴에 생긴 상처보다는 왜 그가 청각장애를 가지게 되었는지가 더 궁금했다.

더듬더듬.

눈이 너무 부어서 잘 보이지 않는지 3544가 책상 주변을 더듬거렸고, 난 그의 손에 펜을 쥐여 주었다.

어릴 때부터 청각이 별로 좋지 않았습니다.

그러자 3544가 메모지에 그렇게 적었다.

어릴 때부터?

그렇다면, 이곳에 온 이후부터가 아니라는 건데…….

그러면 구타에 의해서 고막이 나간 게 아니라는 건가?

어릴 때부터 그랬다고요?

네.

어릴 때, 언제부터요?

그건 기억이 잘 나지 않습니다.

"알겠습니다. 얼굴 좀 들어 봐요. 상처를 치료해야……."

"네."

"잠깐만! 눈이 왜 그런 겁니까?"

상처를 치료하기 위해 그의 눈을 살피는 순간, 난 깜짝 놀랐다.

캐터렉트!

나이를 먹으면서 수정체가 혼탁해져 눈으로 들어오는 빛을 제대로 통과시키지 못해 시야가 뿌옇게 보이는 질환.

대표적인 노인성 질환으로, 흔히 백내장이라고 부르는 병이었다.

별다른 검사 없이 육안으로만 봐도 흰자위가 검은자위를 상당 부분 덮고 있었다.

잘 보이지 않아 삽으로 3389의 발을 찍었다는 그의 증언은 분명 타당했다. 그만큼 백내장의 정도가 심했다.

결국 백내장 때문에 시력장애가 생긴 거라면, 수술밖에는 답이 없었다. 한번 혼탁해진 수정체는 다시 맑아지지 않기 때문에 약물만으로는 치료가 불가능했다.

즉, 전문 안과에 가서 혼탁해진 수정체를 제거하고 인공 수정체를 넣어 주는 수술을 해야만 하는 상황이었다.

그런데 문제는 3544의 나이였다.

3544와 같은 젊은 사람에게 백내장은 그리 흔하지 않은 질병이었으니까.

"눈은 언제부터 이랬습니까?"

난 3544가 들을 수 있도록 최대한 또박또박하게 발음했다.

"어릴 때부터 시야가 좀 뿌옇게 보였는데, 요즘 들어서 급격히 더 뿌옇게 된 것 같습니다. 저, 혹시 앞으로 못 볼 수도 있는 겁니까?"

잔뜩 겁을 집어먹은 3544가 부어터진 눈을 어루만졌다.

"아뇨, 제가 보기엔 그런 것 같지는 않습니다."

"다, 다행이군요."

청각도 그렇고 어려서부터라면 이건 선천성이라는 건데.

백내장은 일반적으로 노화에 의해 생기는 후천성 백내장이 대부분이나, 선천성 백내장도 존재한다.

대개는 그 발생 원인을 알 수 없지만 학계에선 염색체 이상이나 산모 감염 또는 대사 이상에 의해 발생한다고 알려져 있었다.

잦은 요로 감염에 선천성 청각장애에 백내장까지?

분명 흔한 케이스가 아닌데…….

난 머릿속이 복잡해지기 시작했다.

"3544! 백내장이란 말은 들어 보셨죠?"

"네."

"제가 100% 확신할 순 없지만, 3544 당신이 시력장애가 생긴 이유는 백내장 때문인 것 같습니다. 아무래도 안과에 가서 검사를 받고 외과적으로 수술을 하는 것이 좋을 것 같군요."

"후우, 얼마 전에도 치료를 받았는데요?"

잔뜩 겁에 질린 표정이었다.

"그게 무슨 상관입니까? 아프면 병원에서 치료받는 게 당연한 거죠. 제가 알아서 할 테니, 그런 건 걱정하지 마시고 목공 일 또는 용접 실습 같은 건 하지 마십시오. 위험할 수 있습니다."

"네, 알겠습니다."

"일단 안대를 해 드릴게요. 빛을 차단해 주는 효과가 있기도 하지만, 딱히 치료적인 효과는 없습니다. 그것보다는 안대를 차면 오늘처럼 쓸데없는 오해를 받진 않을 겁니다."

"네, 감사합니다."

"3544, 잠깐만요!"

그렇게 3544가 고개를 숙여 내게 인사를 하려는 순간, 난 그를 멈춰 세웠다.

"네?"

"고개를 좀 더 숙여 보세요."

"네?"

슥슥슥.

고개를 조금만 더 숙여 보세요.

3544가 말을 잘 알아듣지 못하는 것 같아 난 펜을 집어 들었다.

"아, 네. 알겠습니다."

뭐야? 이건 설마 아켄소시스 니그리칸스(흑색 가시 세포증)?

목덜미가 마치 씻지 않아 때가 낀 것처럼 검게 탈색되어 있었다.

피부가 비정상적으로 착색되는 과대 색소침착에 의해 생기는 것으로, 피부의 각질층이 비정상적으로 두꺼워져 3544의 목덜미처럼 피부가 접히는 부분이 검게 보이는, 일종의 피부병이었다.

"3544, 상의 탈의 좀 해 보세요!"

"네?"

"상, 의, 탈, 의!"

"아, 네. 잠시만요."

3544가 뒤늦게 내 말을 알아듣고는 수감복 상의를 벗었다.

"팔 좀 올려 봐요."

"네, 이렇게 하면 됩니까?"

역시 아켄소시스 니그리칸스!

팔을 들어 올린 3544의 겨드랑이에도 목덜미와 똑같은 증세가 보였다.

그렇다면?

이제야 조금은 엉킨 실타래가 풀리는 것 같았다.

"이제 옷 입어도 됩니까?"

"네? 네. 됐습니다."

"선생님, 무, 무슨 문제라도 있는 겁니까?"

3544가 불안한 표정으로 물었다.

"아뇨, 일단은 얼른 가서 쉬세요. 최대한 눈을 쉬게 해 줘야 합니다."

"선생님, 저 부탁이 하나 있습니다."

그 순간, 3544가 문밖을 힐끗거리더니 목소리 톤을 낮춰 내게 말했다.

"무슨 부탁입니까? 말씀해 보세요."

"부모님은 일찍 돌아가시고 피붙이라고는 여동생 하나밖에 없는데, 여동생을 못 본 지 벌써 3년이 지났습니다. 염치 없지만, 저…… 여동생 한 번만 만나 보면 안 되겠습니까?"

3544가 떨리는 목소리로 애원했다. 흔들리는 눈동자를 보니 진심으로 여동생이 그리웠던 모양이었다.

여동생이라…….

그렇지 않아도 나 역시 당신의 가족을 만나 보고 싶었어!

"네, 제가 한번 알아보겠습니다."

"정말입니까?"

"네, 최대한 가능할 수 있도록 해 보겠습니다."

"감사합니다! 정말, 감사합니다!"

3544가 연신 허리를 굽혀 인사했다.

"과장님, 아무래도 3544의 눈 상태가 심상치가 않아요. 빨리 치료를 받아야 할 것 같아요."

난 곧바로 정직한 과장을 만나 3544의 건강 상태를 설명했다.

"걔는 도대체 어디 안 아픈 데가 없구나. 재소자들한테 얻어터지지 않나, 교도관들 눈 밖에 나서 린치를 당하질 않나. 완전 걸어 다니는 종합병원이구먼. 눈은 왜? 지난번에 3389한테 얻어맞은 것 때문에 그런 거야?"

후우, 정직한 과장이 답답한 듯 고개를 가로저었다.

"아뇨, 그건 별거 아니고, 눈 자체에 문제가 좀 있어요."

"무슨 문젠데?"

"혹시 백내장이라고 들어 보셨어요?"

"당연하지. 지난달에 우리 아버지도 백내장 수술 하셨는데?"

"네, 3544도 백내장이에요."

"헐? 원래 백내장은 노인들이 주로 걸리는 병 아냐?"

"네, 일반적으론 그렇죠. 그런데 선천성인 경우도 있어요. 일단 제가 보기엔 단순 백내장 같기는 한데, 망막에 이상이 있는 건지 정밀 검사를 해 봐야 할 것 같아요."

"그렇구나. 그러면 또 외부 병원에 나가야 하는 건가?"

"네, 반드시 그래야 합니다. 자칫 잘못하면 3544, 실명할
수도 있어요. 백내장은 큰 문제가 아닌데, 안구 진탕이나 망
막 이상이 있을 수도 있어요. 정밀 검사를 해 봐야 합니다."

"안구 진탕? 그게 뭔데?"

"뭐, 그게 쉽게 설명하면 평소에도 차 타고 가다가 창밖의
풍경을 보거나 빠르게 회전하는 놀이기구를 타고 밖을 보는
것 같은 상태가 계속되는 거죠."

"와, 졸라 어지럽겠네?"

"네. 그러니까 반드시 외부 병원에서 진료를 받아야 합니
다. 힘드시겠지만, 부탁드려요."

"푸르르르, 하는 데까지는 해 보겠는데, 먹힐지는 나도 모
르겠다. 나 역시 김봉구 계장 눈 밖에 난 지 오래잖냐?"

정직한 과장이 입술을 맞대며 소리를 낸 뒤 말했다.

"네, 부탁드려요. 그리고 물어볼 게 하나 더 있어요."

"뭔데? 네가 그런 표정으로 날 보면 겁나 불안해."

정직한 과장이 몸을 움찔거렸다.

"다른 게 아니라, 3544가 최근 3년 동안 가족 면회를 못
했다고 하더라고요. 여동생을 한번 만나고 싶어 합니다."

"그랬냐?"

"네, 오죽했으면 저한테 부탁했겠습니까?"

"그렇지, 피붙이라곤 여동생 하나뿐인데, 3년 동안 얼마나
보고 싶었겠어."

3544의 가족 관계까지도 정확히 알고 있는 정직한 과장이었다.

"무슨 방법이 없겠습니까?"

"나도 백방으로 노력해 봤는데, 솔직히 이건 불가능해. 3544는 S4등급이니까."

"S4등급이면 아예 일반 면회가 불가능한 겁니까?"

"꼭 그렇지만은 않은데, 3544한테는 좀 과하게 적용되고 있지. 현재로써는 면회 불가야."

"구타당한 사실이 외부로 새어 나갈까 봐 그러는 겁니까?"

"뭐, 대충 그렇다고 봐야지."

"교도소장이 허락하면 가능한 거 아닙니까?"

"그야 당연하지. 교도소장의 특별 허가가 있으면 가능할 수 있지."

"그러면 소장을 설득해 보면 어떨까요?"

"그렇긴 한데, 그게 쉽지가 않아. 소장 뒤에는 김봉구 계장이 있는데, 3544는 김봉구 계장에게 눈엣가시 같은 존재거든. 절대로 허락을 해 주지 않을 거야."

"……그렇군요. 그러면 다른 방법은 없습니까?"

"다른 방법이라……. 뭐, 방법이 전혀 없는 건 아닌데, 그게 어디 쉽겠냐?"

정직한 과장의 말투는 회의적이었다.

"어떤 방법이 있는지 한번 말씀해 보세요. 들어 보기라도 하게요."

"뭐, 공적인 일이라면 가능하겠지. 3544 사건을 맡았던 담당 형사거나……."

"아니면 검사면 되겠습니까?"

"검사?"

"네, 검사요!"

"음……. 그거야 뭐, 경촌 관할 검사라면 할 말 없지. 당연히 가능하지 않겠어? 그런데 뜬금없이 검사는 왜?"

정직한 과장이 고개를 갸웃거리며 물었다.

"왜긴요, 이번 기회에 한꺼번에 두 마리 토끼를 잡아 보는 거죠."

"그게 무슨 소리야? 두 마리 토끼를 한꺼번에 잡다니?"

정직한 과장이 이해할 수 없다는 표정을 지었다.

"후후후, 두고 보시면 압니다."

난 정직한 과장을 향해 한쪽 눈을 찡긋해 보였다.

"박영선 검사님, 제가 부탁 하나만 해도 되겠습니까?"

－호호, 물론이죠. 말씀하세요.

"실은……."

난 박영선 검사에게 3544의 딱한 처지를 설명했다.

─그러니까, 그 재소자가 S4등급이라 면회가 안 된다는 건가요? 그거 말이 좀 안 되는데요? S4등급이라도 행형법상 가족 면회는 가능할 텐데?

"네, 저도 그건 알고 있는데, 행형시행령은 대부분 교도소 소장에게 권한이 위임되어 있어서 자의적으로 해석이 가능하잖습니까? 코에 걸면 코걸이, 귀에 걸면 귀걸이 식이죠."

─흐음, 그래요. 어쩌면 교도소가 법의 사각지대인지도 모르죠. 그건 그렇고, 윤찬 쌤이 원하시는 건, 그 재소자와 여동생을 만나게 해 주는 건가요?

"네, 그렇습니다. 일반 면회가 안 된다면, 이 방법밖에는 없을 것 같아서요. 검사님이 면회를 신청하시면 그건 아마도 가능할 겁니다. 그때 3544 여동생과 함께 동석해 주시면 좋지 않을까 해서요. 제가 좀 무리한 부탁을 드리는 건가요?"

난 반드시 3544의 여동생을 만나야만 했다. 3544의 병명을 밝히기 위해서라도.

─당연하죠. 저 그렇게 쉬운 여자 아니거든요! 명색이 검사라고요, 저.

"아…… 죄송합니다. 제가 실례를……."

─어휴, 무슨 사람이 그래요? 그냥 한번 튕겨 본 거예요. 농담을 그렇게 진지하게 받아들이면 어떡해요?

"네? 그게 무슨 말씀인지……."

─가능할 것 같다고요. 때마침 좋은 방법이 있네요. 이번

에 법무부에서 교도소 재소자들의 인권에 관해 특별 감찰에 착수했으니까, 겸사겸사 일을 진행하면 불가능할 것 같진 않아요.

"정말요? 감사합니다."

―아, 근데, 이번 케이스는 제가 직접 나설 수는 없고요. 경촌지청에 제 동기가 있거든요. 그 동기한테 토스를 할게요. 그러면 되겠죠?

"물론이죠! 제가 이 은혜를 어떻게 갚죠?"

―호호호, 아마 차 프로도 좋아할 거예요. 실적 쌓기 딱 좋은 케이스니까. 그 재소자에 관한 관련 자료, 저한테 보내 주시면 더 좋고요. 차 프로가 가뜩이나 할당량 떨어져서 이걸 어떻게 채우나 스트레스가 장난 아니었거든요. 아! 차 프로가 내가 말한 그 검사예요.

"감사합니다. 나중에 맛있는 거 쏠게요."

―당연하죠, 그럼 안 쏘시려고 했어요? 저, 이래 봬도 입이 고급이라 적당한 걸로는 안 될 겁니다?

"물론이죠. 뭐든 사 드리겠습니다."

―그래요. 제가 바쁜 일만 마무리 지으면 경촌으로 한번 내려갈게요!

"네네, 언제든지 내려오십시오. 여기 지역 음식이 제법 맛있거든요."

―그나저나 동해병원 건은 좀 더 기다려 봐야겠죠?

"네, 좀 더 알아봐야 할 것들이 있는 거 같아요."

―오케이! 알겠어요. 제가 바로 차 검사한테 연락해 볼게요.

"네, 감사합니다."

그렇게 3544가 여동생과 만날 수 있는 방법이 생겼다.

그리고 며칠 후.

정직한 과장의 도움으로 외부 병원에 다녀온 3544의 병명은 예상대로 캐터렉트, 즉 백내장이었다.

눈이 보이지 않아 무슨 사고가 날지 모르는 상황이라 교도소 입장에서도 마냥 거절할 수만은 없었던 모양이었다.

그렇게 해서 받게 된 수술.

3544 차세대의 백내장 수술 자체는 그렇게 어렵지 않았으나, 문제는 망막 퇴행이었다.

망막을 덮고 있는 망막 색소 상피 세포층이 여러 가지 이유로 파괴되고, 그로 인해서 망막 바깥쪽, 모세혈관에 있던 백혈구 세포들이 파괴된 망막 색소 상피 세포층 사이로 침투해 망막이 손상되는 망막 퇴행이 진행되고 있었다.

즉, 이 역시 일반적인 경우라면 노인에게 생기는 질병으로, 아직 젊은 3544 같은 경우에는 흔한 케이스가 아니었다.

좀 더 면밀한 치료를 요한다는 게 안과 전문의의 의견이었다.

아무튼, 백내장 수술로 인해 일시적으로나마 시력을 되찾을 수 있게 된 3544였다.

허세 교도소장실.

허세 교도소장이 김봉구 계장을 급히 호출했다.

"김 계장, 소식 들었나? 경촌지청 검사가 3544 면회를 신청했다면서?"

"네, 지청에서 공문받았습니다."

"아니, 경촌경찰서도 아니고 경촌지청에서 왜 3544를 보겠다는 건가?"

허세 교도소장이 난감한 듯 연신 손바닥으로 자신의 이마를 문질거렸다.

"음…… TV에서 연일 교도소 재소자들의 인권유린에 관한 방송을 해 댔잖습니까? 게다가 상인교도소에서 재소자가 사망한 사건도 있었고요."

"그랬지. 근데 그 인간이야 뒈질 만하니까 뒈진 거지, 그게 우리랑 무슨 상관이람."

쳇, 허세 소장이 대수롭지 않게 콧방귀를 뀌었다.

"아무튼, 밖에서 시끄럽게 구니, 뭐라도 해야 하지 않겠습니까? 법무부에서 교도소 재소자 인권유린에 관한 대대적인 조사에 착수한 모양입니다. 하지만 제가 알아본 바에 의하면 별거 아닐 겁니다. 너무 걱정하지 마십시오."

"그래? 맞아, 김 계장이 법무부 쪽 꽉 잡고 있으니까 안심이 되는구먼. 그러면 우리 교도소만 이러는 건 아니라는 건가?"

"그렇습니다. 제가 알아본 바로는 강원 지역 전 교도소를 대상으로 하나 봅니다. 행형법 위반 사항이 있는지 조사하겠다는 거죠. 형식적인 조사일 겁니다."

행형법이란 수형자들을 격리, 교화하는 기본적인 사항에 관한 법률이었다.

"근데 왜 경찰이 아닌 검찰이야?"

"그거 역시 보여 주기식 행정이죠. 검찰이 직접 나서야 모양새가 좋잖습니까."

"그래그래. 그렇다면 안심이긴 하지만, 왜 하필 3544를 보자는 거지?"

여전히 의심의 시선을 거두지 못하는 허세 소장이었다.

"특별히 신경 쓰실 것 없습니다. 그냥, 우연의 일치겠죠."

"그렇겠지?"

"네, 걱정하지 않으셔도 될 겁니다."

김봉구 과장이 허세 소장을 안심시켰다.

"그래요. 김 계장이 워낙 일을 깔끔하게 하니까 걱정은 하지 않겠지만, 혹시나 해서 말이야. 3544가 요즘 상태가 안 좋잖아? 괜히 검사 앞에서 주절거리면 곤란하단 말이지. 그냥, 다른 재소자로 대체할 순 없을까?"

조심성이 많은 허세 소장. 그만큼 겁도 많았다.

"아뇨, 괜히 긁어 부스럼이 될 수 있습니다. 검찰에서 해 달라는 대로 해 주는 게 좋아요. 괜한 의심을 살 필요는 없습니다."

"아니, 그래도 영 불안한데……."

"소장님?"

"하하, 그래! 내가 김 계장을 못 믿어서가 아니라니까. 알았어, 그러면 난, 김 계장만 믿을게."

김봉구 계장이 눈 한번 부라리자 꼬랑지를 내리는 허세 소장이었다.

"네, 아무 걱정 마십시오. 제가 알아서 처리하겠습니다."

"그래요, 그렇게 하세요."

"네."

💙

허세 소장에겐 형식적인 조사라고 안심시켰지만, 김봉구 계장의 입장에선 여간 찜찜한 게 아니었다.

검찰 쪽에도 선이 닿아 있는 김봉구 계장이 알아낸 사실, 3544에 관한 익명의 제보가 있었다는 것이다.

그 제보는 서울에 있는 모 검사를 우회해 경촌지청으로 들어왔다는 것. 그것이 문제였다.

띠띠띠띠.

"형님, 그게 다입니까?"

소장실에서 나온 김봉구 계장이 경촌지청 형사 3부, 장 수사관에게 전화를 걸었다.

—그래, 내가 아는 건 그 정도야. 어떻게 서울에 있는 검사가 냄새를 맡았는지 모르겠지만, 아무튼 그런 걸로 알고 있어.

"혹시, 그 익명의 제보자가 누군지는 알고 있습니까?"

—그것도 확실치는 않지만, 아마 십중팔구는 자네 교도소에 수감되어 있는 재소자 가족일 확률이 높지 않겠어?

"가족요?"

—그래, 그 맨날 비실대는 놈 있잖나.

"3544를 말씀하시는 겁니까?"

—그래, 충분히 가능한 시나리오지. 비둘기만 태운다면, 돈만 있으면 불가능한 것도 아니잖아?

비둘기란 재소자들이 비밀리에 외부와 서신 왕래를 하는 것을 의미했다.

"그게…… 불가능할 건데요?"

—아냐, 그렇게 방심할 일이 아니라고. 검찰 조사에 누가 나오는지 알면 자네 까무러칠걸.

"네? 그게 무슨 말입니까?"

─나도 확실하게 장담할 수는 없는데, 얼핏 차 검사가 하는 소릴 들었는데, 3544 동생이 같이 나온다고 하더라고!

"뭐라고요? 3544 동생이요?"

─그래.

"그거 막을 수 없는 겁니까? 3544 여동생이 무슨 자격으로 동석을 한다는 겁니까?"

─그게 말이야, 말처럼 쉽지가 않아. 조사한 검사 맘이지. 가족도 참고인 자격이 된다면 같이 데리고 갈 수 있는 거야. 그런데 그걸 내가 어떻게 막나? 게다가, 차 검사가 몰래 통화한 걸 엿들은 건데, 내가 어떻게 알은체를 하겠어?

"하아, 그래요?"

─그래, 그건 불가능해. 나도 그렇게까지 위험을 무릅쓸 순 없고.

"네, 알겠습니다."

─그래! 그러니까 절대로 방심하지 말라는 소리야. 3544 그 인간이 분명 비둘기를 태운 게 틀림없다는 거지.

"네에. 아, 알겠습니다."

핸드폰을 들고 있던 김봉구 계장의 손이 미세하게 떨렸다.

─이 사람아! 그러니까 조심해. 지금 여기 검사들도 실적 올리려고 눈에 불을 켜고 다니고 있다고. 특히나 문제가 될

소지가 있으면 싹을 제거해 놓는 게 좋을 거야.

"네, 살펴 주셔서 감사합니다, 형님."

─그래, 이럴 때는 진짜 바짝 엎드려 있는 게 좋아. 입단속 시킬 놈은 철저하게 재갈을 물려 놓고! 알았나?

"네, 알겠습니다."

'3544가 비둘기를? 이 새끼, 의외로 깜찍한 놈이었네?'

김봉구 과장이 고개를 갸웃거리며 아랫입술을 잘근거렸다.

그렇게 검찰 조사에 3544 차세대의 여동생이 동석한다는 걸 알게 된 김봉구 계장.

그의 입장에선 그 점이 여간 마음에 걸리는 것이 아니었다.

게다가 참고인으로 김윤찬마저 동석한다니, 더욱더 신경에 거슬리는 김봉구 계장이었다.

검찰 조사 당일.

"김윤찬 선생, 오늘 몇 시지?"

3544의 검찰 조사가 이뤄지는 당일, 표정이 심상치 않은 김봉구 계장이 나를 찾아왔다.

그것도 대면 조사 바로 1시간 전에 말이다.

"네, 1시 면담입니다."

"벌써 시간이 그렇게 됐나?"

김봉구 계장이 손목시계를 내려다보며 고개를 갸웃거렸다.

"네, 그렇습니다."

"김윤찬 선생도 참고인으로 동석한다고?"

다 알고 있으면서 뭘 그렇게 물어?

"네, 그렇습니다. 근데 무슨 문제라도 있나요?"

"아니, 아니. 문제는 무슨! 뭘 그렇게 날을 세우고 그러나?"

허허허, 김봉구 과장이 뒷짐을 진 채, 입가에 미소를 머금었다.

"제가 그랬나요?"

"그래그래. 자네 얼굴에 다 써 있구먼."

"그랬습니까?"

"그러니까 얼굴 풀어. 다 같은 식구끼리 그러면 쓰나?"

"저, 준비할 게 많아서 길게 대화 못 나누는데, 용건이 있으시면 말씀하시고, 그렇지 않으면 제 일을 좀 봐도 되겠습니까?"

"그럼! 일 봐."

"네."

"올여름은 무척 덥다는데, 의무실에도 에어컨을 설치해야겠어. 요즘 에어컨 없는 의무실이 어디 있나?"

김봉구 계장이 뒷짐을 진 채, 의무실 이곳저곳을 돌아다녔다.

"네, 감사합니다."

"아이고, 캐비닛도 너무 낡았네? 이것도 좀 갈아 줘야겠고, 베드도 너무 오래된 것 같고!"

탁탁탁, 김봉구 계장이 진료 베드를 손바닥으로 치며 내 눈앞에서 왔다 갔다 했다.

"계장님, 그러지 마시고 저한테 하실 말씀이 있으시면 하시죠?"

"그래도 되겠나?"

휙, 내 말에 김봉구 계장이 몸을 돌려세웠다.

"네, 말씀하십시오."

"그래? 그러면 내가 윤찬 선생한테 부탁 하나 해도 될까?"

"무슨 부탁을 말씀하시는 겁니까?"

"별건 아니고, 그냥 우리 교도소를 위해서 말 좀 잘해 달라고 부탁하러 왔어. 김윤찬 선생도 우리 교도소 식구잖나. 이래저래 힘든데, 자꾸 이런 일로 엮이면 재소자들이나 우리나 힘들잖아."

드르륵, 그때서야 김봉구 계장이 의자를 당겨 와 내 앞에 앉았다.

"네, 걱정 마십시오. 전 이 교도소의 의무관으로서 사실 그대로, 있는 그대로 진술할 겁니다."

"사실 그대로?"

"네, 그렇습니다."

"하하하, 당연히 그래야지! 그게 내가 바라던 바야. 그러면…… 지난번에 나와 불편했던 감정 따위는 날려 버리는 건가?"

"그런 거 없습니다."

"어휴, 그럼 다행이네. 그래요. 더도 말고 덜도 말고 있는 그대로만 진술해 줘요."

김봉구 과장이 안도의 한숨을 내쉬었다.

지금 이 인간이 무슨 수작을 벌이려는 건가?

"네, 걱정 마십시오."

"그래요, 난 김 선생이 잘해 줄 거라 믿고 이만 돌아가겠습니다. 일하시게, 내가 바쁜 사람 시간을 너무 많이 뺏은 것 같구먼."

"네, 들어가십시오."

"그래요, 우리 수고합시다. ……어허, 이거 페인트칠도 새로 해야겠구먼. 벽이 다 갈라졌네?"

김봉구 계장이 혼잣말을 중얼거리며 의무실 밖으로 나갔다.

이게 다라고? 그럴 리가 없지 않은가?

그렇게 생각하는 것도 잠시, 어이없게도 환자들이 몰려들어 왔다. 그것도 검사와의 면담 30분 전에 말이다.

서너 명의 환자가 교도관과 함께 의무실로 들이닥쳤다.

"김윤찬 선생님, 배가 아파요!!"

"가슴이 칼로 찌르듯이 아파요! 어, 어떻게 좀 해 주세요."

"아, 시팔! 전 똥꼬가 다 헐었어요."

"잠깐만요. 제가 봐 드리겠습니다. 어디가 아프시다……."

의무실이 아수라장이 되자 김정균이 어쩔 줄 몰라 했다.

"아뇨, 저는 꼭! 김윤찬 선생님한테 치료를 받고 싶습니다."

"아, 아니, 김윤찬 선생님은 지금 볼일이 있어서요. 제가 봐 드릴게요."

당황한 김정균이 어쩔 줄 몰라 했다.

"하아, 이보세요, 선생님! 우리도 의사를 선택할 권리는 있는 거 아닙니까? 이건 치료받을 권리를 침해하시는 겁니다. 이건 인권유린이라고요!"

김봉구, 돼지의 탈을 쓴 여우 같은 인간! 딱, 당신다운 방법이군요.

"김정균 선생, 여긴 내가 알아서 할 테니까, 나 대신 검찰 조사 나가세요."

난, 미리 준비한 서류 봉투를 김정균에게 내밀었다.

"네? 전 아무것도 아는 게 없는데요?"

김정균이 당황한 표정으로 서류 봉투를 받아 들었다.

"내가 거기에 자세히 써 놨으니까, 그대로 하면 돼. 그리고 중요한 게 있는데, 아마 검사 측에서 3544의 여동생을 데리고 나올 거야."

"아! 정말요? 근데 어떻게 3544 여동생이 오는 걸 알고 계십니까?"

"그런 것까지 알 건 없고, 아무튼 여동생이 나올 거야."

"아, 네. 3544가 엄청 좋아하겠네요."

"그래, 그러니까 여동생의 외모를 잘 살펴봐야 해. 외모적인 특징, 특히 목 뒤쪽을 살펴봐. 그리고 혹시 어디 아픈 데는 없는지 물어보고. 잘 살펴봐야 해."

"아, 네. 알았습니다. 그렇게만 하면 됩니까?"

"그래, 나머지 자세한 내용은 거기 적어 뒀으니까, 어려울 것 없을 거야."

"네, 알겠습니다!"

"그러면 부탁해."

"네, 선배님!"

서류를 받아 든 김정균이 의무실을 빠져나갔다.

"3120! 어디가 아프다고?"

"아, 네. 여기요. 여기가 칼로 찌르는 듯이 아파요."

"알았어. 상의 올려 봐."

"네, 선생님."

웅성웅성.

순식간에 도떼기시장이 되어 버린 의무실.

그렇게 김봉구는 잔대가리를 굴렸고, 난 어쩔 수 없이 의무실을 지켜야만 했다.

같은 시각, 17호 감방.

"3544, 나와!"

"네."

배신남 교도관이 검찰 조사를 받기 위해 감방에서 3544를 호출했다.

"눈은 이제 좀 괜찮나?"

3544를 호출한 배신남이 평소와는 다르게 부드러운 어조로 말했다.

"네?"

"아차! 귀가 잘 안 들리지? 눈! 눈은 좀 괜찮냐고?"

평소 같았으면 곧바로 진압봉을 들었을 터. 하지만 오늘은 좀 달랐다. 배신남 교도관이 자신의 눈을 가리킨 후 입 모양을 크게 하며 뻐끔거렸다.

"네, 괜찮습니다."

"그래, 다행이군. 3544! 가족은 있나?"

"네, 여동생이 하나 있습니다."

"그래? 예쁜가?"

"아, 아뇨. 예쁘지는 않지만, 유일한 혈육이라서요."

"아이고, 많이 보고 싶겠군."

"네에, 그렇습니다."

"그래그래. 오늘 검찰 조사만 끝나면 어떻게든 여동생 면회할 수 있도록 해 줄게. 그러니까, 알지?"

"네, 알고 있습니다."

오늘 검찰 조사에 3544의 여동생이 나올 거라곤 꿈에도 생각지 못한 배신남 교도관이었으리라.

"그래그래, 이번 조사는 지극히 형식적이라는 것만 알아 두면 될 거야. 우리 3544 님, 앞으로 남은 형기가 얼마나 되실까?"

"2년 남았습니다."

"그래요, 2년 후딱 갑니다. 근데, 너 하기에 달렸어. 2년이 될지 20년이 될지는! 내 말이 무슨 뜻인지 알지?"

배신남 교도관이 3544를 보며 입가에 비릿한 미소를 띠었다.

"네, 알겠습니다."

3544가 고개를 푹 숙인 채, 힘없이 대답했다.

1시간 후.

경촌지청, 차 검사와 3544의 면담은 약 1시간가량 이어졌고, 참고인으로 참석한 김정균도 면담을 마치고 의무실로 돌아왔다.

"김정균 선생, 면담은 잘하고 왔나?"

"네! 선배님이 시키신 대로, 진료 내역 설명드리고 왔습니다."

"3544는 여동생 잘 만났고?"

"네! 정말 눈물 없이는 못 보겠더라고요! 어려서 양친 여의고 둘이 서로 의지하고 살았나 보더라고요. 여동생이 그렇게 면회 신청을 했는데, 그때마다 거절당했다고……."

김정균이 울컥했는지 차마 말을 잇지 못했다.

"그랬구나. 아무튼 잘 만났다니 다행이네. 그나저나 내가 부탁한 건?"

"아! 3544의 여동생요?"

"그래, 이상한 데는 없어 보였나?"

"아뇨, 몇 가지 이상한 점이 있었습니다."

김정균이 눈에 힘을 주며 나를 응시했다.

"어떤 점이 이상하다는 거지?"

"하아, 여동생도 최근에 백내장 수술을 했더라고요. 3544 처럼요! 백내장이란 병이 유전병도 아니고, 어떻게 이럴 수가 있죠? 우연이겠죠?"

아니, 우연이 아닐 가능성이 높아!

"그리고 다른 건?"

"그게, 선배님이 여동생의 목덜미를 확인하라고 하셔서 보니까, 여동생 피부가 하얀 편인데 목덜미의 피부색은 굉장히 어둡더라고요? 그게 탄 건지, 아니면 색소침착이 된 건지는 모르겠지만, 아무튼 각질층이 두껍게 쌓여 있는 것 같더라고요."

흑색가시 세포증!

이쯤 되면, 내 예상이 맞는다는 소린데…….

"알았어. 다른 특이 사항은 없어?"

"이것도 특별한 거라면 특별한 건데, 3544 여동생, 탈모가 심했어요. 그냥 스트레스성 원형탈모라고 하기엔 탈모 범위가 상당히 넓었습니다. 피부도 희고 얼굴도 예쁘던데, 너무 속상할 것 같아요."

흐음, 김정균이 안타까운 듯 한숨을 내쉬었다.

탈모까지!

이제 거의 확실해졌다!

"알았어, 오늘 고생 많았어."

"아뇨, 오늘 환자들이 떼거리로 몰려오는 바람에 고생은 선배님이 하셨죠. 어휴, 제가 좀 더 분발해서 선배님 짐을 덜어 드려야 하는 건데, 너무 죄송합니다. 도움이 못 되어 드려서요."

김정균이 미안한 듯 이마를 긁적거렸다.

"아냐, 아냐. 지금도 충분히 잘하고 있어. 내가 정균 선생한테 얼마나 의지하고 있는데."

"정말요?"

"그럼, 앞으로도 우리 잘해 보자고."

"네, 선배님! 열심히 하겠습니다."

김정균이 양 주먹을 불끈 쥐었다.

띠띠띠띠.

김정균과 대화를 마친 난, 곧바로 연희병원 유전자연구센터 장필중 교수에게 전화를 걸었다.

"교수님, 저 김윤찬입니다."

─그래, 김윤찬 선생! 보내 준 메일은 확인했어.

난 3544의 진단 내용을 장필중 교수에게 보냈었다.

"네, 어떤 것 같습니까? 제 예상이 맞나요?"

─그런 것 같네. 일단 정밀 검사를 좀 더 해 봐야겠지만,

아직 젊은 나이에 캐터렉트(백내장)에 청각장애, 요로 감염, 거기에 흑색가시 세포증까지 있다면…… 알스트롬 증후군이 맞는 것 같아.

알스트롬 증후군.

ALMS1이라는 유전자에 돌연변이가 생겨서 발생하는 병으로, 전 세계적으로 아주 드문 병이었다.

1959년 스웨덴의 알스트롬에 의해 처음 발견되어 그의 이름을 따서 알스트롬 증후군이라고 불렀다.

이 알스트롬 증후군이 야기하는 병은 셀 수 없이 많았다.

그중 가장 대표적인 특징이 시력장애와 흑색가시 세포증이었다.

그 밖에도 당뇨병 유발, 확장성 심근병증, 신장 기능 장애 등 거의 모든 장기에 크고 작은 영향을 미치는 무서운 유전병이었다.

대부분의 증세들이 알스트롬 고유의 증세가 아니어서, 발견하기도 어렵고, 치료 또한 녹록지 않았다.

"그렇군요. 사실 오늘 저랑 같이 일하는 의무관이 3544의 여동생을 만났는데, 3544와 같은 증세를 호소하고 있더라고요. 최근에 백내장 수술에 흑색가시 세포증을 앓고 있었습니다."

ㅡ그래? 그렇다면 거의 100%네. 일단 내가 한번 환자를 봤으면 좋겠는데 말이야.

"흐음, 제가 이 분야에 대해서 잘 아는 편이 아니라서 여쭤보는 건데, 알스트롬 증후군 같은 경우는 치료법이 거의 없지 않나요?"

─알스트롬증후군뿐만 아니라 대부분의 희귀 유전병들이 특별한 치료법은 없어. 증세가 나타나는 대로 대증 치료를 하는 수밖에.

"그렇군요."

─아무리 그렇다고 하더라도 분자 유전자 검사를 통해서 알스트롬 증후군 진단이 확인되면, 바로 종합적인 치료에 들어가야 해. 아직 완전히 검증되진 않았지만, 그나마 몇 가지 치료법이 개발된 상황이니까. 그 환자에게도 적용할 수 있을 거야.

"네, 그렇군요."

─일단 각 과 전문의들이 협진을 해서 진료를 해야 하기 때문에 일반 병원에서 치료하기는 힘들고, 반드시 대학병원 급으로 옮겨야 할 거야.

"네, 알겠습니다. 최대한 노력해 보겠습니다."

─지금 그 사람의 몸은 시한폭탄이나 다름없어. 심장이 언제, 어떻게 나가떨어질지도 모르니까. 그때는 끝장이야. 확장성 심근병증이 뭘 의미하는지는 자네도 잘 알 거 아냐?

"네, 교수님!"

혹시나 했지만, 내 예상이 맞았다.

3544 차세대는 알스트롬 증후군을 앓고 있었어!
난 반드시 3544를 종합병원에 입원시켜야 한다.

♥

의무관사.
퇴근 후, 의무관사로 돌아오니 정직한 과장이 날 기다리고
있었다.
"왔니?"
"네, 언제 오셨어요?"
"지금 막 왔다. 너 오면 소주 한잔 하려고. 괜찮냐?"
정직한 과장의 안색이 별로 좋지 않았다. 그가 소주와 참
치 캔 몇 개가 담긴 검정 비닐 봉투를 흔들었다.
"물론이죠. 들어가시죠."
"그래."

잠시 후.
"김정균 선생은?"
"아, 네. 오늘 당직이잖아요. 의무실에 있을 겁니다."
"그래? 김정균 선생, 성격 서글서글하니 좋더라."
"네, 맞아요. 김정균 선생이 와서 제가 얼마나 편해졌는지
몰라요."

"그래, 잘됐네."

"그나저나 표정이 왜 그렇게 어두워요? 무슨 일 있습니까?"

평소와는 다르게 정직한 과장의 표정이 굉장히 굳어 있었다.

"음…… 다름이 아니라, 지난번, 3544 검찰 면담 건으로 김봉구 계장이 날이 바짝 서 있어."

쭈욱, 정직한 과장이 종이컵에 소주를 따라 단숨에 넘겨 버렸다.

"뭐, 당연한 거겠죠."

"아주, 살얼음판을 걷고 있는 것 같다. 3544한테도 더 가혹하게 대하는 것 같아. 물론, 위험인물로 찍힌 재소자들도 마찬가지긴 하지만, 이러다가 3544한테 무슨 일 생기는 거 아닌지 몰라."

"후후후, 당연히 일이 생겨야죠. 그러려고 벌인 짓이니까요."

"뭐, 뭐라고? 그게 무슨 소리야?"

"제가 전에 한 말 잊으셨어요? 이번 기회에 두 마리 토끼를 한꺼번에 잡겠다고 했잖아요."

"……그게 그냥 한 소리가 아니었단 말이야?"

"설마요? 아까 김봉구 계장이 날이 서 있다고 했죠? 두고 보세요. 아마 그 서슬 퍼런 칼이 자기 급소를 찌르게 될 겁니다."

"도대체 뭘 어쩌겠다는 거야?"

"어쩌긴요. 3544는 살리고, 불법을 저지른 인간들은 그 죗 값을 받게 해야죠! 지금부터는 정 과장님이 수고를 좀 해 주 셔야 할 것 같습니다!"

"내, 내가?"

깜짝 놀란 정직한 과장이 손가락으로 자신을 가리켰다.

"네, 지금부터는 과장님의 역할이 중요합니다."

"그래, 내가 무슨 역할을 할 수 있는지 모르겠지만, 얘기 나 한번 들어 보자."

정직한 과장이 내 쪽으로 몸을 기울였다.

"아마도 김봉구 계장의 입장에선 3544 여동생을 만난 것 이 여간 껄끄러운 게 아닐 겁니다."

"당연하지. 가족들 못 만나게 하려고 그렇게 통제하고 감 시했던 것 아닌가."

"맞아요. 그런데 그렇게 통제하고 감시했던 3544가 여동 생을 만났어요. 그것도 검사를 대동하고 말이죠. 김봉구 계 장이 가장 먼저 무슨 생각을 할까요? 3544는 공식적으로 여 동생과 서신이 금지되어 있는데 말이죠."

"그렇다면??"

정직한 과장의 눈동자가 조금씩 부풀어 오르기 시작했 다.

"네, 맞아요, 비둘기! 비둘기를 이용했을 거라고 생각할 겁니다."

"맞아! 그 방법 말고는 외부와 의사소통할 방법이 없을 테니까."

"맞아요. 만약 과장님이 김봉구 계장이라면 그다음은 뭘 해야겠습니까?"

"비둘기를 잡아야겠지?"

"빙고! 십중팔구, 김봉구 계장은 대대적인 비둘기 색출 작업을 시작할 겁니다. 비둘기 자체가 불법이니 명분도 충분하고요."

"그래, 일리 있는 얘기야. 충분히 그러고도 남을 사람이니까."

정직한 과장이 동의한다는 뜻으로 고개를 끄덕거렸다.

"근데, 그 비둘기의 실체가 없다는 게, 김봉구 계장에겐 고민거리일 겁니다. 3544는 단 한 번도 비둘기를 이용해 본 적이 없으니까요. 따라서 비둘기를 잡는다 해도 3544와 엮을 수 없다면 무용지물이죠."

"아니지, 코에 걸면 코걸이, 귀에 걸면 귀걸이 아닌가? 아무나 잡아넣고 그놈 협박하고 회유해서 3544와 엮어 버릴 수도 있어, 김봉구 계장이라면."

"아뇨, 비둘기가 한 마리면 그럴 수도 있죠. 하지만, 우리 교도소만 해도 비둘기가 한두 마리입니까? 그놈들은 나름

점조직으로 움직여요. 유대감도 끈끈하고요. 자칫 잘못 건드렸다가 교도소 사정이 외부로 새기라도 하면 낭패도 그런 낭패가 없죠. 가뜩이나 시국이 시국인 만큼요. 김봉구 계장은 절대 그런 무리수는 두지 않을 겁니다."

"음, 하긴 이놈의 비둘기 놈들이 문제긴 문제야. 아주 번식력이 바퀴벌레 수준이라니까? 얼마 전에도 대대적으로 단속해서 솎아 낸다고 솎아 냈는데도 독버섯처럼 불거져 나오더라고."

"그렇게 남 일 얘기하듯 할 때가 아니에요. 과장님도 연관되어 있으니까요."

"내가? 그게 무슨 소리야?"

"과장님, 눈엣가시란 말을 들어 보셨죠?"

"그래, 그거 모르는 사람이 어디 있어."

"저도 몰랐는데, 눈엣가시란 말은 '남편의 첩'이란 의미에서 유래되었다고 하더군요."

"남편의 첩이라······. 본처 입장에선 눈엣가시 맞긴 하겠네."

"네, 맞아요. 그런 남편의 첩을 제거하는 가장 쉬운 방법이 뭔지 아세요?"

"그게 뭔데?"

"그 첩이 마당쇠랑 바람이 나면 간단하게 해결이 되는 거죠. 남편의 입장에서도 그거만큼은 용서가 되지 않을 테니까. 제가 왜 이런 얘기를 꺼낸 걸까요?"

"잠깐! 그러니까 내가 그 눈엣가시라는 건가?"

"에이, 과장님을 너무 과대평가하시네요. 첩은 3544고 과장님은 마당쇠쯤 되겠죠."

"젠장! 내가 그 정도밖에 안 되나? 첩도 아니고 마당쇠라고??"

정직한 과장이 난감한 듯 뒷머리를 긁적거렸다.

"섭섭하십니까?"

"아니, 섭섭할 거까진 없는데, 괜히 좀 기분이 그러네?"

"너무 섭섭하게 생각 마세요. 첩이나 첩이랑 놀아난 마당쇠나 둘 다 도긴개긴이니까요, 김봉구 계장 입장에선."

"젠장!"

정직한 과장이 아랫입술을 잘근거렸다.

"아무튼, 김봉구 계장은 과장님과 3544 두 사람을 엮으려고 할 겁니다."

"후우, 그럴 수도 있겠군. 그러면 어떡하지?"

"뭘 어떡해요, 엮고 싶다면 엮여 주는 거죠."

"윤찬아! 너 지금 그걸 말이라고 하는 거냐? 호랑이 아가리에 대가리 들이밀라는 거야?"

"호랑이 굴에 들어가도 정신만 바짝 차리면 산다고 했습니다. 그러니까 과장님의 역할이 중요하다는 거예요. 지금부터 제가 하라는 대로만 하십시오. 그러면 과장님도 살고, 3544

도 삽니다."

"빨리! 그러니까 빨리 말해 봐. 그 방법이 뭔지!"

"뭐라고 하면 가장 좋을까? 아, 맞다! 꿩 대신 닭?"

"뭐라고? 꿩 대신 닭?"

정직한 과장이 고개를 갸우뚱거렸다.

♥

며칠 후, 김봉구 계장실.

똑똑똑.

"정 과장입니다."

정직한 과장이 김봉구 계장을 찾아갔다.

"들어와요."

"네, 계장님."

"정 과장이 어쩐 일로?"

정 과장의 뜻밖의 방문에 김봉구 계장이 의아한 듯 물었
다.

"계장님께 드릴 말씀이 있습니다."

"그래요? 그럽시다. 차 한잔 하겠어요?"

"네, 주시면 감사히 마시겠습니다."

"그래요. 잠시만 기다리세요."

잠시 후, 김봉구 계장이 찻잔에 커피 두 잔을 타 왔다.

"그래, 말씀해 보세요. 무슨 할 말이 있는지."

"저…… 비둘기 색출 작전을 준비 중이신 걸로 아는데, 제가 알고 있는 게 맞습니까?"

정직한 과장이 제법 심각한 표정으로 물었다.

"아! 그거? 별거 아닌데……?"

김봉구 계장이 어깨를 으쓱거렸다.

"아뇨, 저도 눈이 있고 귀가 달렸습니다. 다들 저만 보면 슬슬 피하더라고요. 저도 그 정도 눈치는 있는 놈입니다."

"에이, 그럴 리가 있나. 요즘 하도 비둘기 놈들이 설치고 다닌다는 투서가 들어와서요. 이참에 좀 조사를 해 볼까 합니다. 작전이란 말처럼 거창한 건 아니고요. 그런데 그건 왜 그러십니까?"

후릅, 김봉구 계장이 커피를 홀짝거리며 정직한 과장의 눈치를 살폈다.

"그런데 왜 제가 그 작전에서 배제가 된 겁니까?"

"배제는 무슨? 각자 담당 업무가 있잖나? 정 과장은 담당 업무가 교화 쪽이니 크게 상관없는 일이지. 이건 보안과가 맡아 할 일이니까."

"그건 그렇긴 한데, 제가 알기론 보안과 말고도 모든 교도관이 투입되더군요. 저도 힘을 보태고 싶습니다. 어차피 비둘기는 우리 교도소의 암적인 존재 아닙니까?"

"그래요? 그런데 왜?"

'왜?'란 한 단어에 김봉구 계장의 모든 질문이 함축적으로 담겨 있었다.

왜 하필 정직한 과장이 나서느냐?

당신, 무슨 꿍꿍이가 있는 거냐?

기타 등등.

'왜?'란 질문에 이 모든 것이 함축되어 있었다.

"계장님! 계장님이 절 눈엣가시로 생각하시는 것 잘 압니다."

"눈엣가시라니? 천만에요! 누구보다 모범적인 정 과장을 왜 내가 싫어하겠습니까? 큰일 날 소리!"

김봉구 계장이 얼굴 표정을 바꾸며 손을 내저었다.

"그렇게 말씀하시니, 그렇게 알겠습니다. 사실 제가 이러는 건 이 새끼들한테 실망했기 때문입니다."

"실망해서 그런다?"

탁, 김봉구 계장이 들고 있던 찻잔을 탁자 위에 내려놓았다.

"네, 솔직히 주제넘게 재소자들 입장을 대변한다고 온갖 오지랖은 다 부리고 다녔는데, 부질없는 짓이더라고요."

"부질없는 짓이라? 왜 그렇게 생각하죠?"

"검은 머리 짐승은 거두는 것이 아니란 말이 딱 맞아요. 한두 번 동정을 베풀면 감사할 줄 알아야 하는데, 이것들은 그런 게 없습니다. 나중엔 자기들 권리인 줄 알더라고요. 점점 버릇없어지고, 요구 사항만 많아지고 말입니다. 아주 제 머리 꼭대기 위에 올라서려고 하더라고요."

"후후후, 뭐 그게 하루 이틀은 아닐 텐데?"

이 정도 가지고 정직한을 향한 의심의 시선을 거둘 김봉구가 아니었다. 이 정도 약발에 넘어갈 그가 아니었다.

"네, 맞습니다, 계장님! 좀 더 솔직하게 말씀드리겠습니다. 저 살려고 그럽니다. 저, 솔직히 계장님이 두렵습니다."

"아이고, 그게 무슨 소립니까? 내가 정 과장을 잡아먹기라도 한답디까? 무섭긴요."

"아뇨, 솔직히 무섭습니다. 소장님은 허수아비일 뿐이고, 이 교도소의 주인은 계장님이시니까요."

"이 사람이! 지금 그게 무슨 망발이야! 말도 안 되는 소리!"

화들짝 놀란 김봉구 계장이 정직한을 나무랐다.

"아니요! 우리 교도소 교도관들은 다 그렇게 알고 있더라고요. 저만 몰랐습니다. 저만 그것도 모르고 어리석게 천방지축 날뛰고 다녔습니다. 정말 죄송합니다."

"에이, 그런 말이 어딨나? 아니야, 그런 거."

"계장님, 처자식에 늙으신 부모님 생각하면 더 무섭습니다. 그러니 제발, 절 외면하지 말아 주십시오!"

쿵, 정직한 과장이 의자에서 내려와 김봉구 앞에 무릎을 꿇었다.

"이 사람아, 지금 뭐 하는 거야? 당장, 안 일어나!"

깜짝 놀란 김봉구 계장이 정직한 과장의 양팔을 잡아 올렸다.

"계장님! 저 우리 상훈이, 상미 클 때까지는 어떻게든 버텨야 합니다. 계장님이 원하시는 건 무엇이든 할 테니, 도와주십시오!"

"내가 원하는 건 뭐든지 하겠다는 말입니까?"

정직한 과장의 리얼한 연기에 조금은 의심의 고삐를 풀기 시작하는 김봉구 계장이었다.

"네, 그렇습니다. 뭐든지."

"정 과장은 내가 원하는 게 뭐라고 생각하십니까?"

김봉구 계장이 매의 눈으로 정직한 과장을 응시했다.

"첩이랑 그년과 정분난 마당쇠, 두 연놈들을 잡아 오겠습니다."

"첩이랑 마당쇠요?"

고개를 갸웃거리는 김봉구 계장.

"네, 그렇습니다. 제가 계장님 눈에 박힌 가시를 반드시 뽑아 드리겠습니다."

"아…….그게 그런 뜻이죠? 아하! 나도 전에 눈엣가시의 어원이 남편의 첩에서 유래되었다는 글을 본 것 같군요!"

이제야 알겠다는 듯 김봉구 계장이 고개를 빠르게 끄덕였다.

"네, 그렇습니다. 제가 반드시 그 가시, 빼내 드리겠습니다."

"그래요? 그러면 어디 정직한 과장을 한번 믿어 볼까요?"

후릅, 김봉구 계장이 천천히 찻잔을 입에 가져다 댔다.

김봉구 계장의 입장에선 정직한 과장이 마당쇠가 되든, 어떤 놈이 정직한 과장 대신 마당쇠가 되든 상관이 없을 것이다. 그저, 눈엣가시 같은 첩만 제거한다면 말이다.

따라서 여전히 정직한 과장을 믿을 순 없겠지만, 상관없지 않겠는가?

모로 가도 서울만 가면 되는 것을.

"네! 반드시 성과를 가지고 오겠습니다."

"김봉구 계장이 뭐라던가요?"

"음······. 윤찬이 네 말대로 처자식 운운하면서 사정하니까, 조금은 믿는 눈치던데?"

피식.

"왜 웃어? 분명히 나를 믿는 눈치였다고!"

내가 말없이 웃자 정직한 과장이 눈을 흘겼다.

"글쎄요, 과연 그럴까요?"

"그럼! 당연하지. 내가 얼마나 연기를 잘했는데."

"에이, 과장님이 김봉구 계장을 너무 띄엄띄엄 보시는 것 같은데요? 아마 그렇지 않을 겁니다."

"아니라고? 그러면 내가 연기한 걸 눈치채기라도 했다는 거야?"

"뭐, 눈치를 챘건 안 챘건 그 사람 입장에선 중요한 게 아니겠죠. 경부고속도로를 타고 서울을 가든, 국도를 타고 가든 서울만 가면 될 테니까. 지금 김봉구 계장의 입장에선 3544 입에 재갈을 물리는 일 말곤 중요한 게 없어요."

"아씨, 난 당최 네가 무슨 말을 하는지는 모르겠다. 그러면 이제부터 난, 뭘 해야 하는 거야?"

"뭐, 과장님이 밑밥을 던져 놨으니, 과장님 역할은 다 끝났어요. 이제 빠지셔도 될 것 같은데요?"

"빠져? 그러면? 다음 계획은 뭔데?"

정직한 과장이 궁금한 듯 입술을 오므렸다.

"그다음은 콩콩이 삼총사가 알아서 할 겁니다."

"콩콩이 삼총사가? 걔들이 뭘 하는 건데?"

정직한 과장이 영문을 모르겠다는 듯 눈만 깜박일 뿐이었다.

"과장님 대신 마당쇠 노릇이죠. 이제부터는 오롯이 콩콩이 삼총사 하기 나름이에요."

교도소 의무실.

3490 도선수가 진료를 받기 위해 의무실을 찾아왔다. 그는 지난 합창 대회 때 나와 인연을 맺은 합창단원이었다.

"숨소리 괜찮네요. 협심증 약은 꼬박꼬박 드시고 계시는 거죠?"

"그럼요. 선생님 덕분에 많이 좋아졌습니다."

"네. 절대로 담배 피우시면 안 되고, 기름진 음식은 상극입니다. 아시죠?"

"후후후, 교도소 밥에 기름기 있는 게 어디 있기나 합니까? 어쩌다가 제육볶음이라도 나오면 쥐X만큼 나눠 주는데요, 뭐."

"그러게요. 하루라도 빨리 식단 개선이 되어야 할 텐데요."

"그런 건 꿈도 꾸지 마소. 그 인간들이 우리 같은 놈들을 사람 취급이나 해야 말이죠. 그리고 지난번에 부탁하신 거요. 아주 잘 만드는 놈 연락처 가져왔습니다. 이 새끼가 맘만 먹으면 핵폭탄도 만드는 놈입니다."

3490이 '창수 핸드폰 수리점'이라고 써진 메모를 내게 주었다. 이곳 경촌에서 멀지 않은 곳에 위치해 있었다.

"헐, 그 정도입니까?"

"그럼요! 이 분야에선 아주 전문가죠. 그나저나, 제가 개인적으로 궁금해서 그러는데, 초소형 녹음기가 왜 필요하신 겁니까?"

"하아, 좀 말씀드리기 뭐한데⋯⋯."

"혹시⋯⋯ 여자 친구가 바람이 났군요? 그쵸?"

"후우, 그게 뭐⋯⋯."

"맞네, 맞네. 내가 척 보면 알지! 하긴, 산토끼(불륜녀), 산토끼 사냥꾼(불륜남) 들이 득실득실하는 세상이니 저 같은 놈들도 먹고사는 거죠. 선생님처럼 잘난 의사 선생님도 예외는 아니군요."

"네, 어쩌다 보니 그렇게 됐습니다. 부끄럽습니다."

"괜찮습니다! 인생이 다 그런 거죠. 살다 보면 이런저런 일도 있는 겁니다. 요즘 불륜하는 연놈들이 하도 많아서요. 아무튼, 이놈아 작업실이 여기서 얼마 멀지 않아요. 그러니까, 그러니까 가셔서 제 이름 대시면 잘해 줄 겁니다."

"네, 고마워요. 아, 근데 그게 불륜은 아니고요."

"에이, 도긴개긴이죠. 아무튼, 꼭! 꼬리를 잡으십시오. 그리고 그런 여자는 되도록 잊으십시오! 미련 갖지 마시고. 한번 맘 떠난 여자는 다신 안 돌아옵디다. 제 경험상!"

"네, 명심하겠습니다."

"아! 추노꾼도 붙여 드릴까? 제가 쓸 만한 녀석 몇 아는데? 원하시면 면회 한번 오라고 편지 보내 드릴게. 불륜 냄새 맡는 데는 아주 개코거든요!"

추노꾼은 주로 불륜 커플을 미행하는 사람을 의미했다.

"아, 아니에요. 그건 제가 알아서 하겠습니다."

"그래요. 힘내시고! 어디 여자가 그 사람뿐이랍디까? 인연은 또 찾아옵니다. 힘내요!"

3490이 동정 어린 눈빛으로 날 쳐다봤다.

그리고 곧 시간을 낸 난 '창수 핸드폰 수리점'으로 가서 초소형 녹음기를 구입해 왔다. 바둑알 크기보다 조금 작은 그것을.

♥

"순남아, 정말 괜찮겠어?"

"당연하죠! 선생님 덕분에 할머니도 좋은 요양 병원으로 옮기셨는걸요. 정말 괜찮아요!"

"다시 한번 생각해 봐. 잘못하면 징벌방 신세가 될지도 몰라."

"징벌방 가고 싶었어요!"

"뭐라고? 어휴……."

"선생님 저, 지금 검정고시 준비하고 있잖아요. 혼자 조용히 공부하고 얼마나 좋아요. 저 이번에 꼭, 검정고시 합격해서 대학도 갈 거예요."

"그래, 우리 순남이는 똑똑하니까 잘 해낼 거야."

"저, 선생님 보면서 꿈이 생겼어요."

"어떤 꿈인데?"

"저, 검정고시 합격하면 의대에 진학해서 선생님처럼 좋은 의사 선생님이 되고 싶어요. 그래서 힘없고 돈 없는 사람들을 도와주고 싶어요. 우리 할머니 같은."

"……."

"좀 허황되죠? 저 같은 놈이 감히……."

내가 아무 말이 없자 순남이가 내 눈치를 살폈다.

"이거 큰일이군."

"네? 왜요?"

"착한 의사 타이틀은 나만의 트레이드마크인데, 우리 순남이가 그걸 뺏어 가면 난 뭘 먹고 사나?"

"쌤!"

3309 진순남이 눈물을 글썽거렸다.

"순남인 분명 좋은 의사가 될 거야."

"정말요?"

"그럼, 당연하지. 넌, 분명 좋은 의사가 될 거야. 지금 이 마음, 의사가 돼서도 절대 잊지 마라."

"네! 열심히 해 보겠습니다."

"그래. 그건 그렇고 다시 한번 묻자. 정말 할 수 있겠니? 지금이라도 내키지 않으면……."

"선생님! 선생님은 위급한 환자 치료하실 때, 무슨 생각 하세요? 잘못 치료하면 비난받지는 않을까? 아니면, 의료 소송, 뭐 그런 거에 휘말리지 않을까? 뭐, 그런 생각 하세요?"

"아니."

"그쵸! 그냥 하시는 거잖아요. 아픈 사람 치료하는 게 선생님의 할 일이니까요."

"그래, 네 말이 맞다."

"저도 그냥 하는 거예요. 3544 형! 원래 저렇게 어눌하지 않았어요. 굉장히 똑똑한 사람이었어요. 제가 알기론 서울에서 좋은 대학도 나왔대요."

"……"

"저한테 참 잘해 줬어요. 영어도 가르쳐 주고 수학도 가르쳐 주고……. 근데 어느 순간부터 점점 수척해지고 말수도 적어지더니 이상해졌어요. 그게 다 '파리지옥'에 들어갔다 온 이후부터예요."

파리지옥은 보안과 지하실을 의미했다.

"그랬구나."

"저, 그 형 아니었으면, 공부하는 거 꿈도 못 꿨어요. 예전엔 알파벳 대소문자도 구분 못 했는걸요. 저, 3544 형한테 진 빚을 갚기 위해서라도 이거 해야 해요."

"그래, 우리 순남이 참 착하구나."

"게다가, 우리가 그런 일엔 전문가잖아요. 사회 나가면 절대 그런 일은 안 하겠지만요. 금동이랑 창호랑 저는 꽃잡이 (소매치기)계의 드림팀이죠."

순남이가 해맑게 웃었다.

"그래, 네가 그렇게 생각해 준다니 고맙구나. 자, 이거야. 이걸 어떻게 할지는 너희가 알아서 결정해라. 전문가니까."

난, 3490 덕에 구한 초소형 녹음기를 진순남에게 전달했다.

"와, 쥑이네요! 요고요고, 교도관 견장 바로 밑에 심어 놓으면 감쪽같겠어요!"

"아이고, 바로 각이 나오는구나."

"그럼요! 우린 프로니까요."

"와, 이거 진짜 잘 만들었네."

진순남이 신기한 듯 초소형 녹음기를 만지작거렸다.

김봉구 계장실.

정직한 과장과 3309 진순남이 김봉구 계장을 찾아갔다.

"계장님, 3309 데리고 왔습니다."

"그래요. 수고했어요. 거기 앉아!"

"네."

"아, 정 과장은 이만 나가서 일 보세요."

정직한 과장이 자리에 앉으려 하자 김봉구 계장이 손바닥을 펼쳐 보였다.

"아니, 제가 설명드릴 게 좀…….."

정직한 과장이 엉거주춤한 자세를 취하며 머뭇거렸다.

"아니에요. 내가 차근차근 물어보면 됩니다. 그러니까, 이만 나가서 일 보세요."

"아, 네. 알겠습니다. 3309! 계장님께 숨김없이 사실대로 말씀드려. 알았어?"

"네에, 알겠습니다."

"계장님, 전 이만 나가 보겠습니다."

"그래요. 수고했어요."

잠시 후.

"3309! 네가 비둘기라고?"

김봉구 계장이 다리를 꼰 채, 3309의 몸을 훑어 내렸다.

"……네."

진순남이 고개를 숙인 채, 나지막이 답했다.

"왜?"

"네?"

"왜, 그런 짓을 한 거냐고 묻잖아? 이거 불법인 거 몰라?"

"뭐, 이미 불법이란 불법은 다 저지르다 온 놈이 뭐가 무섭겠습니까? 여기 있는 놈들 중에 법대로 산 놈이 어디 있겠습니까?"

"허허허, 당돌한 놈일세. 다시 묻겠다. 왜 그런 짓을 했지?"

김봉구 계장이 어이없다는 듯이 너털거렸다.

"하아, 계장님도 참 답답하시네요. 제가 그 짓을 왜 했겠습니까? 제가 무슨 사랑의 비둘기입니까? 돈이요! 돈 되는 일이면 뭔들 못 하겠습니까?"

"자세 똑바로 안 해! 내가 지금 너희 같은 인간쓰레기와 동급으로 보이나?"

"아, 네, 죄송합니다."

김봉구 계장이 눈을 부라리자 진순남이 허리를 곧추세웠다.

"마지막으로 묻겠다. 왜 그런 짓을 한 거지?"

"사실은 할머니가 많이 편찮으십니다. 치매에 걸리셔서 병원비가 없어서……."

"세상 둘도 없는 효자군. 그러니까, 할머니 치료비를 마련하려고 그랬다?"

김봉구 계장이 삐딱하게 앉아 빈정거렸다.

"네, 그렇습니다. 작년에 합창 대회에 참가하려고 했던 것도 같은 이유였으니까요."

"버려진 줄 알았더니 그나마 사람 구실은 하고 싶었던 모양이군. 좋아, 그건 그렇다 치고! 정직한 과장한테 순순히 자백했다면서? 그게 지금 뭘 의미하는지 몰라?"

"네네, 자알 알고 있습니다. 독방 신세겠죠. 어쩌면 파리지옥에 끌려가 죽도록 얻어터질 수도 있다는 거 잘 압니다."

"파리지옥?"

"네, 파리지옥요."

"그게 뭔데?"

"뭐긴, 뭡니까, 보안과 지하실이죠. 거기 들어갔다 나오면 반병신 된다는 거 모르는 재소자가 어디 있습니까?"

"후후후, 파리지옥이라……. 이름 재밌네. 그래, 난 잘 모르겠지만 네 말대로 그런 데가 있다 치자. 그렇게 무서워 벌벌 떠는 데를 왜 알아서 기어들어 가겠다는 건가? 난 그 이유가 궁금하네?"

김봉구 계장은 여전히 진순남을 믿지 못하는 눈치였다.

"차라리 징벌방에 들어가 있는 게 나을 것 같아서요."

"개소리! 지금 나랑 장난하는 건가? 혹시, 정직한 과장 그 새끼가 너한테 약 친 거 아냐? 니네 둘이 친하잖아?"

"약이요?"

"그래, 너희 무슨 꿍꿍이가 있는 거 아니냐고? 네 머릿속에 뭐가 들어가 있는지는 잘 모르겠다만, 지금 이 자리에서 날 반드시 설득시켜야 할 거야. 네가 왜 이런 무리수를 두는 건지!"

김봉구 계장이 진순남을 날카롭게 응시했다.

"……정직한 과장, 그 개새끼가 약을 친 거 맞습니다."

"맞다고?"

김봉구 과장이 눈매를 좁혔다.

"네, 약은 맞는데, 독약이에요."

"독약? 그게 무슨 소리야?"

김봉구 계장이 다리를 바꿔 꼬며 물었다.

"정직한 그 개새끼, 사람 아니에요."

"정 과장이?"

"네, 정직한이란 이름이 아까운 인간입니다, 그 새낀! 이번에 저보고 독박 쓰라고 하더라고요. 무조건!"

진순남이 어금니를 악다물었다.

"웃기는군. 정 과장이면 누구보다 너희 편에 선 천사 아닌가? 그 말을 지금 나보고 믿으라는 건가?"

"천사요? 하하하, 그런 시팔 천사가 어딨습니까? 계장님이 믿으시든 안 믿으시든 저한테는 죽일 놈입니다."

"죽일 놈?"

호기심이 생긴 듯 김봉구 계장이 귀를 쫑긋 세웠다.

"네, 저보고 비둘기를 하라고 하더라고요. 안 그러면 할머니 앞으로 나오는 정부 지원금도 끊어 버리고, 면회도 못 하게 한다고요. 무조건 하랍니다. 다른 선택지는 없다고요."

"허허, 정 과장이 정말 그랬다고?"

도대체 어디가 아픈 것이냐? 179

"네네, 저도 처음엔 천사인 줄 알았죠. 잘해 줬으니까요. 하지만 알고 보니 천사의 탈을 쓴 악마 같은 새낍디다!"

"그래서? 네가 3544한테 돈을 받고 비둘기 역할을 했다, 이건가?"

"네, 그렇게 하라고 합디다. 정 과장 그 개새끼가요. 이번 일만 잘 풀리면 올해 크리스마스 특사로 가석방도 가능하다면서 꼬드기더라고요. 어차피 자기 목적은 3544지, 제가 아니라고 하더라고요. 시팔, 그래서 어쩔 수 없이 그렇게 하겠다고 했습니다."

"후후후, 그거 재밌네? 정 과장이 너희를 배신했다 이건가?"

"그 새끼가 언제 우리 편이었습니까? 아마, 3742 형한테 잘해 준 이유도 기획사와 연결해 준답시고 민우 형한테 찐붙으려고 그랬던 걸 겁니다. 내가 일찍 숯검댕이 같은 검은 속을 알아봤어야 했는데, 시팔!"

"정 과장이?"

"그럼요! 아마 수억 뜯겼을 겁니다. 그 기획사 이사인가 전무인가? 그 사람이 제 발로 찾아왔었거든요. 그런데 중간에 정 과장이 숟가락 얹은 거예요! 찐붙으려고요."

"너, 지금 내 앞에서 연기하는 거면 죽는다?"

"시팔, 제가 돌았습니까? 이제 2년만 있으면 출소인데요."

"좋아! 그렇다면 3544와 대질시켜도 되겠네?"

김봉구 계장의 눈빛이 반짝거리기 시작했다.

"물론이죠. 그 병신 새끼 때문에 내가 여기 앉아 있는 거아닙니까? 제가 그 3544한테 돈 받고 비둘기 쐈다니깐요."

"좋아, 너 지금 개수작 부리는 거면, 영원히 못 나갈 수도있어?"

"어차피 정 과장 그 새끼 등쌀에 제명에 못 죽겠습니다!"

"알았어. 일단, 대질부터 해 보자고."

"네네, 뭐든 하란 대로 할 테니, 제발 정 과장 그 새끼 가증스러운 껍데기 좀 벗겨 주십시오! 제발!"

진순남이 억울한 듯 몸을 부르르 떨었다.

"그래, 그렇단 말이지."

띠~~.

"배 교도! 내 방으로 들어와."

김봉구 계장이 인터폰을 눌러 배신남 교도관을 호출했다.

♥

"네, 계장님!"

김봉구의 호출을 받은 배신남이 안으로 들어왔다.

"바쁜가?"

"아닙니다. 방금 재소자들 운동시키고 복귀해 쉬고 있었습니다."

"그래? 그러면 잘됐군. 3309(진순남) 데려다가 3544랑 대질 시켜!"

김봉구 계장이 턱짓으로 3309를 가리켰다.

"대질이라면?"

"대질 몰라? 지금 3309가 3544 부탁으로 비둘기 태웠대잖 아. 그러니까, 양자 간에 대질을 해야 확실할 것 아닌가?"

"아, 네, 알겠습니다. 3309! 일어나라."

"네, 교도관님."

"그나저나 3309! 검정고시 준비한다고 했드나?"

김봉구 계장이 일어서려는 진순남의 발걸음을 멈춰 세웠 다.

"네, 올해 4월에 시험 봅니다."

"그래? 공부는 잘되나?"

"뭐, 그럭저럭 하고 있습니다."

"기특하구먼. 배움에도 때가 있는 거야. 한번 열심히 해 봐."

"네, 감사합니다."

"언제든지 필요한 책 있으면 말해, 내가 사다 줄 테니까. 공부하겠다는데, 그 정도는 해 줘야지."

"네, 감사합니다, 계장님!"

"그래그래, 열심히 공부해서 대학도 가고, 출세도 해서 할 머니 모시고 행복하게 살아야지. 안 그래?"

"네."

"너는 누구보다 모범적인 수감 생활을 하고 있으니까, 잘
하면 올해 크리스마스 특사도 가능할지 모르겠어."

잘하라는 뜻일 것이다.

자기 속내를 읽어서.

"정말이십니까?"

"당연하지. 자네처럼 모범적으로 수감 생활에 임하는 재
소자가 흔한가? 게다가, 우릴 위해서 이렇게 적극적으로 나
서 주는데, 나도 그만한 보답은 해야지."

"네, 열심히 하겠습니다."

"그래, 가서 배 교도 좀 도와줘. 3544 때문에 내가 두통약
을 달고 살아. 아이고, 두야!"

김봉구 계장이 눈을 질끈 감으며 관자놀이를 눌렀다.

"네, 최선을 다하겠습니다."

"어디로 가는 겁니까?"

잠시 후, 계장실을 나온 진순남이 배신남 교도관에게 물었
다.

"뭐, 그냥 진실의 방 정도로 알고 있으면 돼."

배신남 교도관이 뒷짐을 진 채 성의없이 답했다.

"진실의 방이요? 그게 뭡니까?"

"뭐긴 인마, 거짓말하는 인간들이 진실해지는 곳이지. 거

짓말은 나쁜 거야."

배신남 교도관이 자신의 머리를 가리키며 말했다.

바로 그때였다.

"앗! 교도관님, 말벌이요!"

진순남이 배신남 교도관의 머리를 가리켰다.

"에이, 시팔! 어디? 어디? 어디에 말벌이 있다는 거야?"

깜짝 놀란 배신남 교도관이 몸을 낮춘 채, 자신의 머리를 감쌌다.

"저, 저기요! 와, 졸라 크네! 제가 잡을게요."

휙휙휙, 그 순간 이러저리 손을 휘두르는 진순남.

"빨리빨리! 빨리 잡아!"

"네, 잠시만요. 아무 걱정 마십시오."

말벌을 잡는 척, 3309 진순남이 빛과 같은 속도로 소매 끝에 숨겨 둔 녹음기를 꺼내, 배신남의 견장 밑에 끼워 넣었다.

거짓말 좀 보태 0.1초도 걸리지 않은 것 같았다.

"빨리빨리! 잡았어?? 어?"

여전히 겁에 질린 표정으로 주변을 두리번거리는 배신남이었다.

"네네, 잡았어요. 이젠 괜찮아요."

"휴우, 다행이네. 벌 맞아? 잘못 본 거 아냐?"

배신남 교도관이 여전히 주위를 경계하며 투덜거렸다.

"아니에요! 여기 보세요. 말벌 맞잖아요. 이거 꼬랑지를 보니까 장수말벌 같은데요?"

진순남이 손바닥을 펼쳐 미리 준비한 말벌 사체를 내보였
다.

"시벌, 맞네. 장수말벌? 이것들이 미쳤나? 무슨 겨울철에
말벌이 날아다녀?"

배신남 교도관이 진순남의 손바닥을 유심히 살폈다.

"어휴, 요즘은 이놈들도 진화해서 때를 가리지 않는다고
하더라고요. 겨울엔 먹을 게 없어서 그런지 더 공격적으로
변한대요. 침도 독해지고요. 아무래도 밖이 추우니깐 건물
안으로 기어들어 온 것 같아요."

"그래? 어휴, 큰일 날 뻔했네. 고맙다, 3309!"

휴우, 배신남 교도관이 자신의 팔을 문질거리며 안도의 한
숨을 내쉬었다.

"뭘요. 교도관님만 쏘이지 않으면 된 거죠. 괜찮으신 거
죠?"

"그래, 쏘이진 않은 것 같다, 짜식! 가자, 이따가 체력 단
련 시간에 잠깐 들러, 간식거리 좀 들려 보내 줄 테니까."

배신남이 피식거리며 진순남의 등을 툭 쳤다.

"네네, 감사합니다! 잘 먹겠습니다, 교도관님!"

'헤헤헤, 대충 이러면 반은 성공인 건가?'

진순남 역시 안도의 한숨을 내쉬었다.

보안과 지하실.

말로만 듣던 보안과 지하실.

이곳이 바로 '파리지옥'이라고 불리는 곳이다.

징벌방을 가는 한이 있더라도 이곳만큼은 반드시 피해야 한다는 말이 돌 정도로, 한번 갔다 오면 골병들어 나오는 악명 높은 곳이었다.

덩그러니 책상 하나에 의자 몇 개 말고는 아무것도 없는 이곳.

혹시나 있을 불상사를 방지하기 위해 사방이 꽉꽉 막혀 있었고, 110촉짜리 백열전구 하나만이 캄캄한 어둠을 밝힐 뿐이었다.

계단을 따라 지하실로 내려가자 3544가 이미 와 있었다.

"강 교도! 3309 몸부터 수색해."

"네, 알겠습니다. 야, 3309! 옷 다 벗어!"

"전부 다요?"

"그래, 빤스만 남기고 전부."

"아, 네. 알겠습니다."

그렇게 진순남은 철저하게 몸수색을 당한 후에야 테이블 앞에 앉을 수 있었다.

"자, 지금부터 대질심문 시작하겠다. 3309! 너, 3544한테 돈 받고 외부에 불법 서신 전달했나?"

"네, 맞습니다."

"아, 아니에요! 저, 저는 그런 적이 없습니다."

진순남과 차세대의 이질적인 목소리가 뒤섞였다.

"3544! 너한테 물어본 게 아니잖아! 넌, 내가 물어보는 것에만 답한다. 알았나?"

"······네에."

"3309! 다시 묻겠다. 3544의 서신을 외부로 유통하면서 얼마를 받았나?"

"강아지 10까치 받았습니다."

강아지는 담배를 지칭하는 은어로 개비당 20만 정도를 호가하니, 현금으로 계산하면 2백만 원 상당이었다.

"담배를 받았다고? 확실해?"

"그럼요! 제가 돈도 안 받고 미쳤다고 비둘기 노릇을 합니까? 대가리에 총 맞았습니까?"

진순남이 목에 핏대를 세우며 목소리 톤을 높였다.

"좋아! 3544, 다시 묻겠다! 너, 3309한테 담배 제공하고 서신 전달했나?"

"아, 아닙니다. 전, 다, 담배도 안 피우는데요?"

3544 차세대가 완강히 부인하고 나섰다.

"저 새끼! 졸라 빵끼 쓰는데요? 제가 분명히 저 새끼한테 서신 받아서 여동생한테 보내 줬습니다. 그러니까 여동생이 교도소까지 찾아온 거 아닙니까?"

"3544! 똑바로 안 불어? 너 지금 뒈지고 싶어서 환장했냐?"

"워워! 그렇게 하면 우리가 너무 폭력적으로 보이잖아? 민주국가에서 이러면 안 되지."

강 교도관이 진압봉을 들어 올리려 하자 배신남 교도관이 그를 제지하고 나섰다.

"자 자, 시간은 많으니까 우리 대화로 해결해 봅시다. 그건 그렇고, 3309! 너 방금 뭐라고 했지?"

"네? 무, 뭘요?"

"네가 방금 그랬잖아, 3544 여동생이 면회 왔다고. 그걸 네가 어떻게 알았냐고?"

'아차!'

"……."

그 순간, 진순남은 목덜미가 서늘해지는 듯했다. 진순남이 말을 잇지 못하고 머뭇거렸다.

"빨리 입 열어라, 3309! 어떻게 여동생이 면회 온 걸 안 거야? 5초 안에 나를 납득시켜야 할 거야. 하나, 둘, 셋……."

배신남 교도관이 도끼눈을 뜨며 진순남을 노려봤다.

"저, 저 새끼가 자랑했어요! 다, 다음에 비둘기 한 번만 더 태워 주면 자기 여동생 소개해 주겠다고요! 그러면서 사진을 보여 주더라고요!"

"사진을 봤다? 그러면 3544 여동생이 어떻게 생겼는지 잘 알겠네?"

'시팔! X 됐네. 당황하다 보니 말이 헛나왔어. 이, 일을 어떻게 하지?'

"……."

"3544 여동생이 어떻게 생겼는지 말해 보라니까?"

'눈, 내 눈을 잘 봐.'

그렇게 진순남이 머뭇거리는 사이, 3544가 교도관들 몰래 3309를 향해 안대를 끼고 있는 자신의 눈을 가리켰다.

'안대? 안대라…….'

찰나의 순간, 진순남이 머리를 돌리기 시작했다.

"빨리 말 안 해?"

"아 시팔, 졸라 깔쌈하다고 하더니만, 애꾸잖아요. 한쪽 눈이 삐구인 년을 내가 미쳤다고 소개받습니까?"

"애꾸?"

3544의 여동생이 안대를 차고 왔던 걸 기억하고 있는 배신남이었기에 진순남의 말은 나름 일리가 있었다.

"네네. 제가 돌았습니까? 아무리 교도소에 처박혀 있다고 해도 그런 년은 열 트럭 갖다줘도 싫습니다."

"그래? 3544! 3309 말이 맞나? 3309한테 네 여동생 사진을 보여 줬어?"

"네?"

"네 여동생 사진을 보여 줬냔 말이다!"

3544가 말을 잘 알아듣지 못하자 다그치며 물었다.

"보, 보여 준 게 아니라, 3309가 제 몸을 강제로 뒤져서 뺏어 간 겁니다!"

"그래? 그럼 그 사진은 어디 있지?"

"버렸죠, 재수 옴 붙을 거 같아서. 그런 사진 가지고 다니면 졸라 재수 없거든요."

"음…… 알았어. 강 교도, 일단 3309 데리고 빵으로 복귀해. 난 지금부터 3544와 심도 있는 대화를 나눠야 할 것 같으니까."

의심이 100% 사라지진 않았지만, 딱히 꼬투리를 잡을 상황도 아니었기에 배신남 교도관도 어쩔 수 없었다.

"네, 알겠습니다. 가자, 3309!"

"네에, 알겠습니다."

'형, 미안해! 조금만, 조금만 더 버텨 줘요!'

3309가 아련한 눈빛으로 3544를 힐끗거렸다.

아슬아슬한 순간, 번득이는 재치로 일촉즉발의 위기 상황을 모면한 진순남과 차세대였다.

김봉구 계장실.

3309 진순남과 면담을 마친 김봉구 계장이 정직한 과장을 불러들였다.

"진순남이는 어떻게 구워삶았어?"

"구워삶다뇨? 그게 무슨 말씀입니까??"

"그렇게 정색할 거 뭐 있나? 내가 이 바닥에서만 30년이야. 무궁화 봉오리 두 개(교도) 달고 시작해서 여기까지 기어 올라왔지. 산전수전 공중전 다 겪은 몸이라고."

"네에, 잘 알고 있습니다."

"그렇다면 내가 무슨 말을 하는지 모르진 않겠군. 무슨 속셈으로 3309를 배우로 쓴 거지?"

"네? 배우라뇨?"

"진순남이 비둘기 아니잖아."

　김봉구 계장이 정직한 과장을 향해 날카로운 시선을 던졌다.

"음…… 무슨 말씀인지 모르겠지만, 전 3309가 비둘기라고 생각하는데요? 지금도 여전히 3309는 비둘기고 3544는 그에게 금품을 제공하고 불법 서신을 교환한 범인입니다."

"후후후, 그래. 뭐, 내가 그걸 뭐라 하는 건 아닐세. 비둘기면 어떻고 닭이면 어떤가? 대충 둘 다 껍데기 벗겨서 구워 버리면 비스무리한 것을. 안 그래?"

"……아뇨, 3309는 비둘기가 맞습니다. 닭이 될 순 없죠."

"하하하, 사람하곤! 알았다고, 알았어. 그래서 말인데, 이번 기회에 자네가 정말 내 사람이 될 수 있는지 확인을 하고 싶은데 말이야."

'이건 무슨 개소린가? 뭘 확인하겠다는 거야?'

"네? 확인요?"

정직한 과장의 목소리가 미세하게 떨렸다.

"그래, 난 솔직히 아직도 자넬 믿을 수가 없거든."

"……네, 좋습니다. 뭐든 확인해 보십시오. 절 그렇게 믿기 힘드시다면."

"좋아! 방금 배 교도한테서 연락이 왔는데, 3544가 자백을 하지 않는 것 같아. 그래서 말인데, 자네가 좀 나서 주면 어떻겠나?"

'젠장! 돼지의 탈을 쓴 여우 같은 놈! 진흙탕에 발을 담그게 하겠다는 건가?'

정직한 과장의 입장에선 난감하지 않을 수 없었다.

"나선다니, 그게 무슨 말씀입니까?"

"3544한테 가서 자백만 받아 와. 그러면 자네를 진정 내 사람으로 받아들이지. 어때? 어려울 것 없잖아?"

김봉구 계장이 한쪽 입꼬리를 말아 올렸다.

'시팔, 지랄도 풍년이네. 어쩌지? 이러면 나가리인데…….'

정직한 과장이 난감한지 자신의 이마를 문질거렸다.

보안과 지하실.

"과장님 오셨습니까?"

김봉구 계장의 명령대로 정직한 과장이 지하실로 내려왔다.

"그래, 아직 안 불었어?"

"네, 생각했던 것보다 시간이 좀 걸리겠는데요?"

"하아, 그래?"

정직한 과장이 상의를 벗고 셔츠 소매를 말아 올렸다.

"3544! 우리 쉽게 가자. 이럴수록 너만 힘들어진다는 거 몰라? 그냥, 인정만 하면 돼. 그러면 너나 나나 얼굴 붉힐 일 없잖아?"

배신남 교도관이 3544의 턱을 잡아 흔들며 조롱했다.

"저, 저는 아무것도 몰라요! 제 동생이 어떻게 면회를 온 건지! 진짜 전 모릅니다."

"아니, 그게 말이 안 되잖아? 네가 연락도 안 했는데, 네 여동생이 검사를 대동하고 면회를 와? 그게 말이……."

"배 교도! 이런 새끼는 말로 해선 들어 먹질 않아. 두들겨 맞으면 뭔가 나와도 나오겠지!"

퍽퍽퍽, 정직한 과장이 배신남 교도관이 들고 있던 진압봉을 들고 3544를 구타하기 시작했다.

"아, 아악!"

찢어지는 듯한 3544의 비명이 지하실을 가득 메웠다.

'3544, 미안하다! 조금만, 조금만 버텨 다오. 어떻게든 다른 방법을 찾아볼게!'

"말하라고! 네가 3309한테 비둘기 띄워 달라고 했다는 말 한마디면 돼! 그러면 너도 편하잖아!"

퍽퍽퍽, 정직한 과장이 사정없이 3544의 허벅지와 어깨를 내리쳤다.

"모, 몰라요! 전, 진짜 모릅니다. 아무것도!"

그러자 3544가 이를 악물며 버텼다.

"너, 이러다가 평생 독방 신세란 거 몰라? 치료받아야 할 것 아냐? 그러니까 빨리 불어! 네 동생 시켜서 검사한테 코 발랐다고 말해! 말하라고!"

퍽퍽퍽, 정직한 과장이 얼굴이 벌게지도록 진압봉을 내리쳤다.

"과, 과장님! 그만하세요. 이러다가 애 잡겠어요."

배신남 교도관이 말릴 정도로 실감 나는(?) 정직한 과장의 연기였다.

"놔, 놓으라고! 오늘 저 새끼 입을 찢어서라도 불게 만들 테니까."

"어휴, 정말 이제 그만하시라고요! 이 새끼 죽어요, 그러다가!"

"놔, 놓으라고!"

퍽퍽퍽, 정직한 과장이 이성이 상실된 듯 진압봉을 휘둘렀다.

♥

잠시 후, 김봉구 계장실.

"3544가 끝까지 입을 다문단 말이지?"

심문을 마친 배신남 교도관이 김봉구를 찾아왔다.

"네, 지독한 놈인데요? 예전하곤 좀 달라요. 진짜 비둘기를 태운 게 맞긴 할까요? 아무리 봐도 아닌 것 같은데요."

"음, 3544가 비둘기를 태웠든 안 태웠든 그런 게 중요한 게 아니야. 그냥, 3544는 교도소 규칙을 어긴 거야. 아니, 불법을 저지른 거지. 동기나 과정 따윈 필요 없어. 오로지 결과만 있으면 되는 거야. 배 교도! 언더스탠?"

김봉구 계장이 날카롭게 배신남 교도관을 응시했다.

"네, 알겠습니다."

"그래서 지금 3544는 어디 있나?"

"일단, 징벌방으로 이동시켰습니다."

"알았어. 아무튼 어떻게든 자백을 받아 내. 배 교도도 지난번 교사 시험에 떨어졌지?"

"네, 면목 없습니다."

배신남 교도관이 고개를 푹 숙였다.

"면목 없긴! 내가 신경을 못 써 줘서 미안하지. 이제 무궁화 봉오리 하나 더 올려야지, 결혼도 하고 가정도 꾸리려면?"

"네, 열심히 하겠습니다, 계장님!"

"열심히는 필요 없고, 결과를 만들어 내도록!"

"네, 계장님!"

"그나저나, 배 교도가 보기에 정직한 과장은 좀 어떤 거 같아?"

"하아, 그게……."

배신남이 어이없다는 듯이 고개를 내저었다.

"왜? 무슨 일인데?"

"그게 적당한 말이 생각이 안 나서……. 아! 얌전한 고양이 부뚜막에 먼저 올라간다더니, 아주 미쳐 날뛰던데요? 전, 3544 죽이는 줄 알고 식겁했습니다. 아주 입에 게거품을 물더라고요. 그렇게 재소자들을 위하는 척하더니, 어휴!"

배신남이 혀를 차며 진저리를 쳤다.

"그래? 이제 믿을 만하다는 뜻으로 들리는데?"

"네네, 이제 웬만큼 경계심을 푸셔도 될 것 같더라고요. 아주 미친개가 다 됐더라고요."

"후후후, 원래 배신자가 자기편이었던 자들한테 더 잔인하게 구는 법이지. 그게 배신자가 살아가는 방식이니까."

"네."

"아무튼, 방심하지 말고, 철저하게 감시토록 해. 한 번 배신한 놈이 두 번을 못 할까?"

"네, 알겠습니다."

💔

"과장님, 바둑알 회수해 왔습니다. 이제, 3544 형은 병원에 입원할 수 있는 거죠?"

체력 단련 시간, 3309가 배신남 교도관의 견장 밑에 숨겨 놨던 소형 녹음기를 회수한 3308(박금동)이 사람들의 눈을 피해 소형 녹음기를 정직한 과장에 전달했다.

3309는 형식적으로라도 처벌을 받기 위해 일주일 독방 신세였다.

"그래, 수고했다."

"왜 이렇게 얼굴이 어두우세요? 이거면 끝나는 거 아닌가요?"

박금동이 주변을 두리번거리며 목소리를 낮췄다.

"아니야, 아무것도."

"네네, 앞으로도 저희 도움이 필요하시면 언제든지 불러주세요. 우린 같은 편이니까."

"그래, 고맙다."

그리고 며칠 후, 의무 관사.

"윤찬아, 이젠 어떡하지?"

정직한 과장이 3308이 전해 준 소형 녹음기를 들고 나를 찾아왔다.

"그러게요. 저도 지금 당장은 어떻게 해야 할지 모르겠어요."

"이건 아무런 도움도 안 될 것 아냐?"

정직한 과장이 3308한테서 받은 녹음기를 만지작거렸다.

"그러게요. 무용지물이 되어 버렸군요."

정직한 과장의 구타 현장이 녹음된 녹음기. 그의 말대로 아무런 도움이 될 수 없었다.

확신했던 이번 작전의 실패.

난감했다.

김봉구 계장을 너무 과소평가한 내 실수가 틀림없었다.

"후우, 내 손으로 3544를 두들겨 팼어! 이 일을 어떡하면 좋냐, 어? 그 아픈 놈이 얼마나 고통스러웠을까 생각하면 미칠 것 같아!"

며칠 새, 맘고생이 심했는지 정직한 과장의 얼굴이 수척해졌다.

"어쩔 수 없는 상황이었어요. 제가 너무 김봉구 계장을 만만하게 본 게 실수였어요."

"그러게 말이다. 설마 나한테 심문을 시킬 거라곤 생각 못

했어."

"네, 저도 그 점을 간과한 게 뼈아프네요."

"그러면 이제 어떻게 해야 하는 거지? 이러다 3544가 못 버티고 자백해 버리면 그걸로 끝장인데?"

"3544 생각보다 의지력이 강한 사람입니다. 잘 버텨 낼 거예요."

"아니, 아무리 버틴다 해도 매에는 장사 없어. 게다가 3544는 성한 몸도 아니잖아?? 그냥, 김봉구 과장한테 모든 걸 털어놓고 사정이라도 해 볼까? 일단, 3544부터 살려야 하지 않겠냐?"

"그런다고 해결될 일이었으면 무리하게 이런 작전을 생각하지도 않았어요. 괜히 과장님만 위험해집니다."

"그래. 그럼 이제 어떻게 해? 다시 콩콩이 녀석들을 이용해야 하나?"

"아뇨, 순남이도 징벌방에 있고, 그건 리스크가 너무 큽니다. 자칫 모든 게 물거품이 되어 버릴 수도 있어요. 그나마 불행 중 다행은 김 계장이 과장님을 신뢰하기 시작했다는 겁니다. 과장님은 지금 스탠스 그대로 유지하세요. 제가 어떻게든 방법을 찾아볼 테니까요."

"그래, 넌 똑똑한 사람이니까 믿는다만, 3544가 얼마나 버틸 수 있을지 모르겠다. 어떡하냐, 3544 불쌍해서? 내가 그 불쌍한 녀석을 두들겨 팼어! 이 손으로!"

정직한 과장이 죄책감에 몸서리를 쳤다.

"너무 걱정 마세요. 분명 살길이 있을 겁니다."

후우, 진퇴양난이군. 이 일을 어쩐다?

야심 차게 준비했던 계획이 수포로 돌아간 지금, 아무런 생각도 떠오르지 않았다.

교도소 의무실.

어떻게 해야 하지? 하루라도 빨리 3544를 병원에 입원시켜야 하는데…….

그렇게 망망대해를 걷는 듯 아무런 생각이 나지 않는 그때, 유나로부터 전화가 왔다.

―윤찬 오빠, 저예요!

"어, 유나 씨, 웬일이에요?"

―웬일이긴요, 윤찬 오빠 목소리 들으려고 전화했죠.

"어휴, 시골에 처박혀 늙어 가는 아저씨 목소리를 들어서 뭐 하게요?"

―에이, 여전히 목소리 좋으신데요?

"감사합니다. 그나저나 정말 무슨 일이에요, 갑자기?"

―오빠는 우리에게 아무런 관심도 없죠?

"네? 그게 무슨 말이에요?"

-어휴어휴, 오빠 인터넷도 안 봐요? 우리 이번 주말에 강릉에서 팬 사인회 하잖아요.

"아, 정말요?"

-거봐요, 저한테 아무런 관심도 없잖아요.

"앗, 미안해요. 워낙 일이 바쁘다 보니……."

-됐어요! 그나저나 오빠 근무하는 곳이 강릉에서 가깝죠?

"아, 네. 그렇게 멀진 않아요. 차 가지고 가면 1시간 정도? 그건 왜요?"

-잘됐네요. 초대장 보내 드릴 테니까 사인회 오실래요? 이거 아무나 가질 수 있는 초대장 아니에요. 저희 팬인 거 인증도 하셔야 하고, 감동 사연도 보내야 겨우겨우 받을 수 있는 건데, 오빠한테는 특별히 보내 드릴게요!

"후우, 절 생각해 주신 건 너무 감사한데, 이걸 어쩌죠?"

-왜요? 안 되나요?

유나의 목소리에 실망감이 가득했다.

"네, 저도 너무 가고 싶은데, 지금은 좀 그래요. 제가 워낙 바빠서요."

-아, 잠깐 시간 내는 것도 안 되는 거예요?

"네, 죄송해요. 중요한 일이 있어서요. 다음엔 꼭 참석하겠습니다."

지금은 유나 팬 사인회에 갈 만한 마음의 여유가 없었다.

-어휴, 뭐 할 수 없죠. 그럼 우리 언제 볼 수 있어요? 오빠 저한테 밥 사 줄 거 있잖아요. 설마 잊으신 건 아니죠?

"암요, 기억하고 있어요. 바쁜 일만 마무리 지으면 서울 한번 올라갈게요. 그때 먹어요."

-정말요?

"그럼요. 제가 꼭 맛있는 밥 사 드릴게요."

-좋아요. 그 거짓말 한번 믿어 보죠.

"네, 그러면 사인회 잘하세요."

-네, 오빠가 안 오셔서 좀 섭섭하지만, 할 수 없죠. 서울 오시면 꼭 연락 주기예요?

"네, 꼭 연락드릴게요, 유나 씨."

"어? 설마 지금 통화하신 분이 그 유명한 유나는 아니죠?"

전화를 끊자 김정균이 눈매를 좁히며 물었다.

"아니야, 그냥 동명이인."

"그렇죠? 설마설마했습니다. 저도 사실 유나 팬이거든요. 이번에 강릉에서 사인회 한다길래, 나름대로 사연 적어 보냈는데, 꽝 났어요."

쩝, 김정균이 아쉬운 듯 입맛을 다셨다.

"그렇군. 그러니까 좀 더 감동적으로 써야지."

"그러게 말이에요. 천생 이과라 글솜씨가 젬병인가 봐요."

"다음에 또 기회가 있겠지. 아무튼, 나 의약품 구입품의서 결재받으러 소장님 방에 갔다 올게."

"네."

❤

　그렇게 결재 서류를 들고 교도소 본관 4층 계단을 올라 모퉁이를 돌려는 순간, 배신남 교도관과 강신욱 교도관이 대화를 나누며 걸어가고 있었다.

　난 발걸음을 멈춰 두 사람의 대화를 엿들었다.

　"와, 시팔! 해도 해도 너무하네!"

　배신남 교도관이 오만상을 쓰며 투덜거렸다.

　"왜요? 무슨 일 있어요?"

　"강 교도 너도 알다시피, 나 걸스시대 유나 광팬이잖아."

　"네, 잘 알죠. 오죽하면 숙소를 유나 브로마이드로 도배를 해 놓으셨잖아요."

　"그래그래. 유나 생각만 하면 내가 환장 부르스를 춘다."

　"그렇게 유나가 좋으세요?"

　"솔직히 엄마보다 더 좋아."

　"헐."

　"암튼, 이번에 강릉에서 걸스시대 팬 사인회를 하거든. 근데, 거기 참가하려면 감동 사연을 보내야 한다고 하더라고."

　"아! 그래요?"

"어, 그래서 진짜 한 땀 한 땀 정성스럽게 써서 보냈거든?"

"오! 그래서요? 당첨되셨나요?"

"아니, 당첨됐으면 지금 내가 이 표정이겠냐? 될 줄 알았는데, 떨어졌어. 하아, 진짜 코앞에 유나가 왔는데, 우리 여신님 영접을 못 하다니! 이런 천인공로할 일이 어딨냐?"

어휴어휴, 배신남 교도관이 아쉬움에 탄식을 토해 냈다.

잠깐! 지금 배신남이 유나 광팬이라고 한 거 맞지? 잘하면 일이 쉽게 풀릴 수도 있겠는걸.

띠띠띠띠.

난, 곧바로 유나에게 전화를 걸었다.

ㅡ오빠? 무슨 일이에요?

"유나 씨, 좀 전에 말했던 그 사인회 초대장! 그거 아직도 유효해요?"

ㅡ그럼요, 당근이죠! 왜요? 오실 수 있어요?

"잘됐네요. 그 초대장 제가 좀 씁시다!"

교도소 의무실.

"어? 어? 이, 이건??"

장염 치료를 받으러 온 강 교도관이 책상 위에 놔둔 걸스시대 사인회 초대권을 발견하고는 말을 더듬었다.

물론, 쉽게 발견하도록 놔둔 거지만, 아무튼.

"앗! 저거, 저게 왜 여기 있지?"

난 잽싸게 초대장을 집어 들어 서랍 속으로 집어넣었다.

"그, 그거! 선생님! 당첨되신 겁니까?"

"아뇨, 전 강릉에서 사인회를 하는 줄도 몰랐는걸요."

"그, 그럼 그걸 어떻게 구하신 겁니까, 그 귀한 걸? 한번 봐도 될까요?"

"뭐, 별거 아니에요."

"아뇨, 그거 돈 주고도 못 사는 거 아닙니까? 저도 한 번만 보여 주십시오."

"그래요? 뭐, 그러면 보여 드리죠. 닳는 건 아니니까."

스윽, 난 못 이기는 척 강 교도관에게 초대장을 보여 줬다.

"V, VIP요?? 이, 이거 그냥 초대권도 아니고, VIP 초대권입니까? 이거 있으면 걸스시대랑 식사도 같이 먹을 수 있는 거 아닌가요? 제가 알기론 그런데?"

강 교도관이 흥분해 말을 더듬었다.

"뭐, 유나 씨가 그렇다고 하더라고요."

"네?? 유나 씨요?? 걸스시대 유나욧?"

"네, 제가 유나 씨랑 친분이 좀 있거든요."

"저, 정말입니까? 어떻게요?? 어떻게 아는 사이십니까?

설마, 남자 친구 뭐 이런 건 아니죠?"

강 교도관이 파편을 튀겨 가며 따발총처럼 떠들어 댔다.

"네, 예전에 유나 씨가 우리 병원에 입원한 적이 있었는데, 제가 주치의였습니다."

"오 마이 갓뜨! 정말입니까? 그래서 유나 님이 초대권을 직접 보내 주신 건가요?"

깜짝 놀란 강 교도관이 자신의 머리카락을 쥐어뜯었다.

"네, 유나 씨랑 같이 찍은 사진도 있는데 보여 드릴까요?"

"미치겠네. 유나 님이랑 같이 사진을 찍어욧? 그게 가능한 일입니까?"

"네, 그냥 좀 친해서요. 여기요, 사진!"

"와씨! 뭐야, 팔짱도 꼈네? 와, 그러면 선생님은 유나 님이랑 밥도 먹었습니까?"

강 교도관이 속으로 들어갈 듯이 사진을 뚫어지게 쳐다봤다.

"네."

"정말 얼굴이 요만합니까?"

강 교도관이 자신의 주먹을 내보였다.

"그거보다 좀 더 작은 거 같은데요?"

"네?? 이거보다 작다고요? 그러면 눈, 코, 입은 붙어 있는 겁니까? 웁스! 이게 말이 돼?"

"네, 붙어 있을 건 다 붙어 있더라고요."

"하아, 졸라 부럽습니다, 선생님!"

"하하하, 사인이라도 받아 드려요?"

"정말요? 진짜 사인 받아 주시는 겁니까?"

"그럼요. 교도관님 이름도 넣어서 사인해 달라고 할게요."

"와우! 이름까지요? 이게 꿈이냐 생시냐? 아침에 미남이 똥을 밟아서 재수 옴 붙은 줄 알았는데, 그게 길조였나 봅니다! 감사합니다, 선생님!"

강 교도관의 입이 양쪽 귀에 걸리는 듯했다.

"감사하긴요. 그게 뭐 어려운 일이겠습니까?"

"역시! 선생님은 뭐가 달라도 다르십니다!"

강 교도관이 쌍따봉을 날리며 기뻐 날뛰었다.

후후후, 이제 배신남의 귀에 들어가는 건 시간문제겠지?

강 교도관에게 쳐 놓은 약이 효과를 발휘하기까지는 그리 오래 걸리지 않았다.

강 교도관에게 유나 얘기를 한 지 몇 시간도 지나지 않아, 배신남 교도관이 날 찾아왔다.

"저, 선생님?"

배신남 교도관이 쭈뼛쭈뼛 내게 다가왔다. 한쪽 손엔 돌돌 말린 걸스시대 브로마이드를, 다른 손엔 자양강장제 박카스

A 박스를 들고 말이다.

"무슨 일이십니까? 어디 편찮으세요?"

"아, 아뇨. 아픈 데는 없고요. 피곤하실 텐데, 이거 좀 드시라고요."

배신남 교도관이 강장제 박스를 수줍게 내밀었다.

"네? 이거 저 주시는 겁니까?"

"네네. 저, 지난번에 토사곽란 났을 때 말끔하게 치료해 주셔서 항상 감사한 마음을 가지고 있었는데, 인사가 늦었네요."

"아이쿠, 이러시지 않아도 되는데."

"아, 아닙니다! 제 성의니까 뿌리치지 말아 주십시오."

"네! 배 교도관님이 그렇게 생각해 주신다니, 감사히 잘 마시겠습니다. 진짜, 어디 아프신 건 아니시죠?"

"그럼요! 선생님 말씀대로 자극적인 음식 안 먹으니까, 많이 좋아졌습니다."

"네, 그럼 다행이고요. 나중에 혹시라도 불편하시면 다시 오십시오. 음료는 잘 마시겠습니다."

"네에, 선생님."

가야지. 볼일을 다 봤으면 가야지, 왜 안 가니?

"······안 가세요?"

배신남 교도관이 똥 마려운 강아지처럼 몸을 배배 꼬며 미적거렸다. 뭔가 할 말이 있는 듯 입술을 달싹거리는 배신남 교도관이었다.

"저한테 무슨 할 말이 있으신가요?"

"아, 네. 그게⋯⋯."

배신남 교도관이 민망한 듯 이마를 긁적거렸다.

"편하게 말씀하세요."

"그럼 그럴까요? 호, 혹시, 제가 뭐 좀 하나 부탁드려도 될까요?"

"무슨 부탁입니까? 말씀해 보세요."

"저, 강 교도가 그러던데, 선생님이 걸스시대 유나를 잘 아신다고⋯⋯."

"아하! 그거 때문에 오셨구나? 벌써 소문이 났나요?"

당연하지. 소문나라고 한 말인데.

"사실입니까? 진짜 선생님이랑 유나 님이랑 친하세요?"

"뭐, 그냥저냥요. 그런데 왜요?"

"하아, 진짜! 오래 살다 보니 이런 일이 다 있군요. 정말 부럽습니다, 선생님!"

"뭐, 그 정도는 아닌데."

"아뇨, 아뇨. VIP 초대권을 받으실 정도면 진짜 가까운 사이거든요. 그거 걸스시대 팬클럽 회장도 못 구하는 거예요. 아마, 가족들이나 받을 수 있을걸요."

"이게 그렇게 대단한 겁니까?"

드르륵, 대수롭지 않다는 듯이 서랍에서 초대장을 꺼내 그에게 내보였다.

"오마나!! 이, 이거 정말 VIP 초대장!! 맞네요, 팬카페에서 봤어요! 아뇨, 이걸 실물로 영접하다니!!"

눈알 튀어나오겠다, 정말! 네 결혼식 청첩장도 그렇게 소중히는 안 다룰 거다, 아마.

배신남이 양손으로 조심스럽게 초대장을 잡고는 이러저리 살펴봤다.

"아, 그게 그렇게 대단한 거구나. 그나저나 배 교도관님은 걸스시대 광팬이신가 봐요?"

"그럼요! 저, 진짜 걸스시대 보는 게 소원입니다. 그중에서도 유나 님을 가장 좋아하죠. 지난번에도 콘서트 티켓 구매하려고 밤새도록 광클했는데 실패했거든요. 이번에 강릉 오신다기에 진짜 정성껏 사연 보냈는데, 꽝 났어요."

헐, 나라가 망했어도 그런 표정은 안 짓겠다.

배신남이 세상 망한 듯, 부모님 돌아가신 듯한 표정을 지었다.

"안타깝네요, 정말."

"네, 그래서 이렇게 염치 불고하고 선생님을 찾아온 겁니다. 정말 죄송하지만 여기에 유나 님 사인 좀 받아다 주시면 안 될까요?"

배신남 교도관이 수줍게 돌돌 말린 유나 브로마이드를 펼쳐 보였다.

"여기다 사인을요?"

"네네, 부탁드리겠습니다!"

배신남 교도관이 허리 굽혀 인사를 수십 번도 더 하는 듯했다.

어휴, 인간아! 그 정성 재소자들한테 딱 백분의 일만 쏟아도 천사 소리 듣겠다.

"그렇게 유나가 좋습니까?"

"네네, 얼굴 한번 보는 게 소원입니다."

배신남이 공손히 양손을 모았다.

"그럼 직접 보시면 되겠네요."

"그럼요. 직접 보면 되……. 네? 직접 봐요? 뭘요?"

깜짝 놀란 배신남이 눈을 크게 떴다.

"누구긴요, 유나 씨 직접 보시라고요. 이걸로."

난, 테이블 위에 놓인 초대장을 배신남 쪽으로 슬쩍 밀었다.

"에이, 장난하지 마십시오. 이 귀한 걸 왜 저한테……."

그러면서도 배신남의 손가락이 슬금슬금 초대장 쪽으로 향했다.

"뭐, 싫으시면 할 수 없고요!"

"아, 아니, 그게 아니라…… 이 귀한 걸 저한테 양보하신다고 하니까 너무 갑작스러워서요. 제가 안 가겠다는 게 아니라요!"

내가 손을 뻗자 배신남이 손바닥으로 초대장을 압살하듯 눌러 버렸다. 거짓말 조금 보태면, 빛보다 빠른 속도였다.

"사실, 어지간하면 가려고 했는데, 날짜를 확인해 보니 이번 주말에 저희 어머니 환갑이시더라고요. 유나 씨도 유나 씨지만, 아들 된 도리로서 엄마 환갑잔치에 빠질 순 없잖아요."

"다, 당연하죠! 동방예의지국에서 그 무슨 쪽바리들이나 하는 미개한 짓을 할 순 없죠. 당연히 참석하셔야죠, 암요."

"후후후, 그러니까 배 교도관님 드리는 겁니다. 저보다는 배 교도관님이 그 행사에 참여하실 자격도 더 있으신 거 같고요."

"진짜, 이거 제가 가져도 되는 겁니까? 절대 무르기 없습니다?"

"네네, 절대 안 무를 테니까, 가셔서 즐거운 시간 보내세요. 아마, 이 초대장 가지고 있는 사람이 다섯 명도 안 될걸요."

"네네, 맞습니다! 유나 씨랑 같이 식사도 하는 걸로 알아요! 이게 꿈이야, 생시야."

구름을 탄 듯 배신남이 방방 뜨는 것 같았다.

"네, 가서 맛난 음식도 드시고, 재밌게 놀다 오세요!"

"선생님, 제 볼 좀 한번 꼬집어 주실래요? 이게 꿈인지 생신지 당최 믿어지지가 않아서요."

"어휴, 됐어요. 이제 볼일 다 보셨으면 가 보세요. 저, 밀린 차트 정리해야 합니다."

"감사합니다, 선생님! 이 은혜는 절대로, 절대로 잊지 않
겠습니다."

반드시 참석할 거다.

김봉구 계장도 막지 못할걸.

아니지, 저 불타오르는 눈빛 좀 봐. 아마, 김봉구 계장이
못 가게 하면 죽일지도 몰라.

아무튼, 배신남이 물었다.

내가 던진 미끼를.

❤

며칠 후, 월요일.

교도관실.

조잘조잘.

꿈에 그리던 유나를 영접하고 왔으니, 가만있을 배신남이
아니었다. 그가 교도관들을 불러 모아 무용담을 늘어놓기 시
작했다.

"강 교도! 정말 우리 유나 님 얼굴이 거짓말 안 보태고, 주
먹…… 아니지, 저기 저 씨디 줘 봐. 진짜, 딱 이만해. 이 얼
굴에 눈, 코, 입이 그냥 그려 놓은 것 같다니까? 완죤 인형이
야, 인형!"

배신남이 브로마이드에 써진 유나 사인을 내보이며 자랑했다.

"CD요? 정말 그게 가능해요?"

"나도 불가능할 거라 생각했지. 근데, 진짜 딱 요만큼 떨어진 자리에서 보니까 진짜 그게 가능하더라!"

배신남이 온갖 제스처를 취해 가며 호들갑을 떨었다.

"와, 진짜 좋았겠다! 진짜 밥도 같이 드신 거예요?"

"당연하지! 같이 앉아서 밥 먹는데, 이건 뭐, 밥이 코로 들어가는지 눈으로 들어가는지 모르겠더라고! 무슨, 2시간이 2분도 안 걸린 거 같아. 와! 진짜, 대박!"

와아, 흥분한 배신남이 어쩔 줄 몰라 했다.

"캬~~ 하늘이 보우하사네요. 아니지, 김윤찬 선생 어머님한테 감사해야 하나?"

"그렇다고 봐야지. 공교롭게도 김윤찬 선생 어머니 환갑이랑 겹쳐서 천만다행이야. 아무래도 나랑 유나 님이랑 인연인가 봐."

"흐흐흐, 그러게요. 그나저나, 거기 그건 뭐예요? 못 보던 거 같은데?"

강 교도관이 배신남의 상의 포켓에 꽂혀 있는 만년필을 가리켰다.

"떽! 건드릴 생각은 꿈에도 하지 마라. 이거 우리 가문 대대로 물려줄 가보니까."

배신남이 정색하며 손도 대지 못하게 했다.

"그니깐요. 그게 뭐냐고요?"

"인마, 너 같은 놈은 꿈도 못 꿀 보물이야. 이거, 유나 님이 나만 쓰라고 준 만년필이야. 닳을까 봐 쓰지도 못하고 이렇게 고이 모셔 두고 있는 거야."

"와! 그런 것도 주나요?"

"그럼! 그러니까 나랑 유나 님이 보통 사이가 아니라고 하는 거다. 하여간, 쳐다도 보지 마, 때 타니까."

"쩝, 좋겠수, 형님. 완전 계 탔네."

"그럼, 그럼! 이제 죽어도 여한이 읍따."

바로 그때였다.

"야야! 잡담하지 말고, 다들 일어나! 비둘기 몰러 나가자."

그 순간, 황 교도관이 문을 열고 들어왔다.

"하아, 3544 이 새끼는 정말 왜 이렇게 끈질겨? 그냥 좀 불지. 맞는 놈도 아프겠지만, 때리는 나도 졸라 힘든데."

탁탁탁, 강 교도관이 모자의 먼지를 털며 자리에서 일어났다.

"말조심해, 새꺄! 때리긴 누가 때려? 그냥, 교육하러 가는 거지."

"네, 죄송합니다."

"하여간, 너희 각오하는 게 좋을 거다. 오늘 내로 자백 못 받아 내면 전부 뒈지는 줄 알아. 계장님 특별 지시야."

"네에."

"배 교도! 오늘은 네가 키 잡아. 하여간 오늘 이 새끼 조져 놓는 한이 있더라도 반드시 입 열게 해야 해."

황 교도관이 어금니를 악다물었다.

"네, 맡겨 주십시오. 오늘 반드시 끝장 보겠습니다!"

배신남 교도관이 혹시나 잃어버릴세라 포켓에 끼워져 있는 만년필을 매만지더니 자리에서 일어났다.

더 이상 파리지옥은 없다

보안과 지하실.

3544 차세대는 포승줄에 묶인 양손이 의자 뒤로 젖혀진 채, 두려움에 떨고 있었다.

"3544! 깔끔하게 오늘 불고 끝내자, 응? 내가 오늘 기분이 정말 좋거든. 그러니까 형 기분 좋을 때 쉽게 가자."

배신남 교도관이 빈정거리며 3544의 몸을 툭툭 건드렸다.

"뭘 말씀입니까? 저, 전 정말 아무것도 몰라요."

3544의 눈에는 두려움이 가득 고여 있었다.

"……하아, 지금 내가 유나 님을 영접하고 와서 엄청 순결해져 있거든? 그러니까, 제발 내 순결한 마음을 더럽히지 말자. 마지막 경고야, 3544! 네 여동생한테 불법 서신 발송했어, 안 했어?"

배신남 교도관의 손이 어느새 진압봉 언저리에 닿아 있었다.

"저, 정말 모르는 일입니다. 전, 비둘기를 태운 적이 없어요. 여동생이 어떻게 알고 찾아왔는지, 전혀 몰라요!"

3544가 겁에 질려 애원했다.

"네가 모르면 누구 알까? 3309(진순남)도 너한테 담배 상납받고 비둘기 태웠다고 했잖아!"

"3309가 왜 그런 말을 했는지 알 수 없지만, 전 절대 그런 적이 없습니다. 믿어 주십시오."

"너, 내가 분명히 말했을 텐데? 오늘 내 순결한 마음 더럽히지 말라고! 마지막으로 묻자. 네가 네 여동생을 시켜서 검찰에 고발하라고 했어, 안 했어?"

"모릅니다. 저, 그 검사님도 그날 처음 봤어요. 진짜 모릅니다."

"하아, 이제 어쩔 수 없겠군. 날 원망하지 말고 네 주둥아리를 원망해라. 네가 죽지 않으면 내가 죽어, 이 개새끼야!"

퍽퍽퍽.

악! 악!

말이 끝나기기 무섭게 배신남이 진압봉을 내리치기 시작했다. 어찌나 세게 휘둘렀던지 진압봉을 한번 휘두를 때마다 그의 몸이 휘청거렸다.

"제, 제발 머리는 때리지 말아 주세요. 제발 부탁합니다."

"야, 강 교도! 당장 가서 가스총 가지고 와. 이 새끼 눈에다가 확 지져……."

"배 교도관님, 그건 이제 안 하기로 했잖아요. 게다가 가스총도 없어요."

"그래?"

"네, 솔직히 저 새끼, 눈병신 다 됐는데, 그럴 필요까진 없잖아요."

강 교도관 역시 사람인지라 차마 그런 만행까지는 저지르고 싶지 않았던 모양이었다.

"말해! 안 했었어도 했다고 말하라고!!"

부아가 치민 배신남 교도관이 3544의 양어깨를 잡고 흔들었다.

"악! 저, 저는 모르는 일입니다, 몰라요!"

"이 개새끼가 나를 완전 개호구로 아는구나? 강 교도! 물 좀 가져와."

허억허억, 때리다가 지쳤는지 배신남이 양 무릎에 손을 얹고 숨을 골랐다. 어느새 배신남 교도관의 머리에서 김이 모락모락 피어오르고 있었다.

벌컥벌컥.

배신남이 한쪽 구석에 놓인 주전자를 들어 물을 들이켜더니 옷소매로 이마에 흘러내리는 땀방울을 훔쳐 냈다.

"강 교도, 저기 군화하고 발 토시 좀 가지고 와."

'시팔, 이래도 버티나 보자.'

배신남 교도관이 씩씩거리며 옷소매를 걷어붙였다.

"네, 여기 있습니다."

배신남 교도관이 신발을 벗고는 강 교도관이 가지고 온 군화를 신고, 그 위에 발 토시를 덮어씌웠다.

구타를 가해도 상처가 나지 않게 하기 위한 교묘한 수법이었으리라.

"3544, 세대야! 너도 살아야 할 것 아니야? 그냥, 불어. 너, 이러다가 골병 나 죽어 새꺄!"

보다 못해 강 교도관이 3544를 향해 소리쳤다.

"아, 아니라니까요. 정말 전 모르는……."

"강 교도, 이 새끼 몸에다 이거 부어."

3544가 끝끝내 버티자 약이 바짝 오른 배신남 교도관이 턱짓으로 주전자를 가리켰다.

"네, 알겠습니다."

촤르르륵, 강 교도관이 주전자를 들고 3544의 몸에 물세례를 퍼부었다.

어푸어푸.

그러자 3544가 숨을 몰아쉬며 괴로워했다.

퍽퍽퍽.

또다시, 퍽퍽퍽.

"으이아아악!"

허공을 휙휙 날아다니는 배신남의 다리.

3544가 완강히 버티자 약이 오른 배신남의 군홧발이 무차별적으로 3544의 몸을 강타했다.

뼈가 끊어질 것 같은 고통을 느낀 3544가 몸부림을 치며 괴로워했다.

보다 못해 강 교도관이 얼굴을 돌릴 정도로 무자비한 구타였다.

"아…… 알았어요. 불게요, 불어요! 제가 그랬어요. 제가 비둘기 태워서 동생한테 연락했어요! 검찰에 투서를 넣은 것도 저 맞습니다. 제가 다 한 짓이니까, 제, 제발 살려 주십시오."

쾅, 바닥으로 떨어진 3544가 소금기 잔뜩 먹은 지렁이처럼 꿈틀거렸다.

"하악하악, 확실해? 그거 확실한 거지?"

자기도 지쳤는지 배신남이 거친 숨을 몰아쉬었다.

"네, 제가, 제가 다 그런겁니다. 제발, 제발 때리지 마세요!"

3544가 포승줄에 묶인 채로 부들부들 떨며 빌었다.

"그래그래. 이럴 거면서 왜 버텨서 형을 나쁜 놈으로 만드냐? 나 원래 이렇게 폭력적인 인간 아니거든, 나 밖에선 젠틀하단 소리 듣는 사람이야."

툭툭, 배신남 교도관이 손등으로 3544의 얼굴을 툭툭 건드렸다.

"이제 여기다 사인만 하면 모든 게 잘될 거야. 자, 지장 찍자."

"네에, 그, 그렇게 하겠습니다."

꾸욱, 결국 무자비한 구타를 참지 못한 3544가 자신이 불법 서신 의뢰를 했다는 허위 자백을 하고 말았다.

"하나 더 있어!"

"뭐, 뭘 말입니까?"

"우리가 널 때렸냐?"

"네?"

"우리가 널 때렸냐고?"

"아, 아닙니다, 절대 그런 거."

"좋아, 우린 그저 널 교화시키려고 했을 뿐이야. 그치?"

"네에."

3544가 고개를 푹 숙이며 답했다.

"그러니까, 넌 규칙을 위반한 거고, 우린 그저 그에 합당한 처벌을 한 거야. 맞지?"

"네네, 맞습니다."

"좋아, 그러면 여기 진술서에 서명해."

배신남 교도관이 파일철 하나를 펼쳐 내보였다.

"이건 뭡니까?"

"뭐긴! 우리가 아주 민주적으로, 그리고 인권 존중 사상에 입각해 너를 교화시켰다는 일종의 확인서야."

"그러면 제가 좀 읽어 봐도 되겠습니까?"

"그럼, 그럼. 봐도 되지. 외워도 돼."

3544가 저지른 규칙 위반 사항에 대해 행형법에 의해 정식적으로 심문을 한 것이니, 이 부분에 대해 절대 이의를 제기하지 않겠다는 문서였다.

"여, 여기다 하면 됩니까?"

"벌써 다 읽었어? 좀 더 보지 그래?"

"아, 아닙니다. 사인하겠습니다."

"그래? 좋아. 그러면 여기다 지장 찍어."

배신남 교도관이 3544의 엄지를 잡아끌어다 인주를 묻혔다.

그렇게 3544는 폭압적인 고문에 못 이겨 자신의 지장을 찍고 말았다.

♥

교도소 운동장.

"어휴, 배 교도관님! 안녕하십니까?"

체력 단련 시간, 3308 박금동과 3742 강민우가 배신남 교도관에게 다가갔다.

"뭐냐? 운동이나 하지, 오랜만에 볕도 좋은데."

"교도관님, 걸스시대 만나고 오셨다는 소문이 자자하던데요?"

3742 강민우가 흘러내리는 땀을 닦으며 물었다.

"그래그래, 아주 꿈같은 시간이었지."

"좋으셨겠네요! 부럽습니다."

"당연하지. 지금도 이게 꿈인가 생신가 구분이 안 가."

"그렇군요. 저도 걸스시대 유나라면 안면이 좀 있죠."

"그래? 3742! 맞다, 너도 사회에서 가수였으니까 그랬겠구나!"

강민우의 말에 배신남 교도관이 급관심을 보였다.

강민우의 역할은 일종의 여왕벌(바람잡이)이었다.

"네, 예전에 뮤직탱크 출연할 때 알게 되어서 인연이 좀 있습니다."

"아하, 그렇구나!"

"네, 유나가 참 예쁘죠? 착하기도 하고요."

"그럼, 그럼! 완소지!"

"그래서 그런지 유나 주변에 똥파리가 좀 붙는 편이에요."

"파리? 무슨 파리가 붙어?"

이미 강민우의 입담에 정신이 팔려 버린 배신남이었다.

"하아, 그게 아이돌 중에 에잇프리(8FREE)라고 아시죠?"

"아, 그 기생오라비같이 생긴 여덟 놈 나오는 남자 그룹?"

"네, 거기 리더 이윤빈이 유나한테 찝쩍거렸는데, 지금도 그러나 모르겠네요?"

"이런 개후레자식! 어딜 감히 유나 님을!"

마치 유나가 자신의 애인이라도 된다는 듯이 배신남이 두 주먹을 부르르 떨었다.

슥삭, 그렇게 강민우의 바람잡이에 정신 줄을 놓아 버린 배신남 교도관.

그가 잠시 틈을 보인 그 찰나의 순간을 3308 박금동은 놓치지 않았다.

그 순간, 박금동은 자신이 가지고 있던 만년필과 배신남의 포켓에 꽂혀 있던 만년필을 바꿔치기했다.

육안으로는 도저히 구분할 수 없을 만큼 똑같은 만년필이 었다.

"그러게 말입니다. 이윤빈 이 새끼, 내가 알기론 황소개구리 같은 놈이죠. 안 건드런 여자 연예인이 없을 지경이니까요."

"하아, 무슨 그런 상놈의 새끼가 다 있냐? 그래서? 우리 유나 님은 무사한 거지?"

'형, 다 됐어요.'

완벽한 작전의 성공. 때끼(소매치기)에 성공한 박금동이 강민우에게 눈짓을 했다.

"뭐, 유나가 워낙 똑똑해서 그런 놈한테 넘어갈 여자는 아니죠."

"그렇지! 또, 또 유나 님이랑 관련된 다른 소식은 없어?"

"뭐, 그 이후에 내가 이곳으로 왔으니까, 뭐 아는 게 있겠어요? 그 정도예요."

박금동의 성공 사인을 받은 강민우였기에 더 이상 얘기를 길게 끌 필요가 없었다.

"네, 나중에 출소하게 되면 연락하세요. 소식 들어오는 대로 알려 드릴게요."

"고맙다, 3742!"

"고맙긴요, 뭘. 그나저나 그거 만년필 아니에요? 좋아 보이는데?"

"동작 그만! 접근 금지! 이건 그 누구도 손 못 댄다."

강민우가 손가락 끝으로 만년필을 가리키자, 배신남 교도관이 정색했다.

"아, 알았어요! 애인이 선물한 건가 봐요?"

"애인? 그런 건, 저기 미남이나 주라고 해라. 이건, 우리 유나 님이 특별히 하사해 준 보물이야, 보물!"

"앗! 그러고 보니 걸스시대 매니저한테 들었던 기억이 나네요. 그 만년필, 유나가 아주 특별하게 생각하는 사람들한테만 주는 거라고요. 맞아요, 그렇게 들었던 것 같아요."

"허허허, 그래? 내가 그 정도는 아닌데 말이야."

배신남 교도관이 마치 잠자는 아기 볼을 쓰다듬듯이 만년필을 어루만졌다.

'지랄한다! 그 보물이 네 명줄을 재촉하게 될 거야.'

"에이, 받을 만하시니까 받은 거겠죠. 아무튼, 축하합니
다."

"그래, 고맙다."

"그럼 수고하십쇼."

강민우가 피식거리며 발길을 돌려 운동장으로 달려갔다.

교도소 의무실.

"어휴, 선생님! 저 대변 볼 때마다 무서워 죽겠어요. 이건
뭐, 똥만 싸면 변기가 시뻘게 가지고요."

박금동이 새우잠 자세를 취하듯 진료대에 누워 있었다.

"3308, 아무래도 이건 수술을 해야만 할 것 같다. 암치질
이 너무 심한데?"

"그러면 어떡해요??"

"일단, 혈관확장제하고 항히스타민을 처방해 줄 테니까,
좀 먹어 보고 그래도 여전하면 외부 병원에서 수술을 해야
할 거야."

"수술 안 하면 안 돼요?"

"아마, 약으로는 안 될걸. 아무튼, 가능하면 미지근한 물
로 자주 좌욕하고 약 발라. 김정균 선생! 창고에 가면 항히스
타민 연고가 있을 거예요. 그거 좀 가져다주세요."

"네, 알겠습니다."

"선생님, 때끼(소매치기) 성공했어요. 제 똥꼬에서 빼내시면 돼요. 저, 엉덩이가 뻐근해 죽는 줄 알았어요! 빨리 좀 빼 주세요."

박금동이 자신의 항문을 가리키며 괴로워했다.

"그래, 고생했다."

그렇게 난 마침내 박금동이 자신의 항문에 숨겨 둔 만년필을 손에 넣을 수 있었다.

보안과 지하실, 그 악명 높은 파리지옥에서 벌어진 모든 것이 담긴 바로 그 만년필을 말이다.

의무관사.

업무를 마치고 의무관사로 돌아온 난, 박금동이 힘겹게 확보한 만년필 속에 저장된 파일을 확인했다.

[퍽퍽퍽!]

쉴 새 없이 날아드는 진압봉과 군홧발.

3544 차세대가 무자비하게 린치를 당하는 장면이 생생하게 녹화되어 있었다.

누가 보더라도 등장하는 인물들을 구분할 수 있을 만큼 화질도 선명했으며, 목소리 또한 잡음 없이 깨끗했다.

됐어, 이거면 3544 살릴 수 있다!

미안해, 3544! 그동안 날 믿고 잘 참아 줘서 너무 고마워.

무차별 구타를 당한 3544가 떠올라 가슴이 미어지는 것 같았다.

난 하루라도 빨리 3544를 치료하기 위해 그를 연희병원으로 이송시켜야만 했다.

하루라도 빨리!

❤

며칠 전, 창수 핸드폰 수리점.

"어? 의사 양반 또 오셨네?"

"네, 뭐 좀 문의드리려고 왔습니다."

"왜요? 지난번에 가져가신 물건에 하자가 있나요?"

"아, 아뇨, 그런 건 아니고, 다른 걸 좀 문의하려고요."

"어떤 걸 말씀하시는 겁니까?"

"혹시, 녹음이랑 녹화를 동시에 할 수 있는 건 없을까요?"

"후후후, 없을 리가요! 돈만 내신다면야 불가능한 건 세상에 없죠."

창수라는 사람이 자신만만한 태도를 보였다.

"아, 정말입니까? 그게 가능한 겁니까?"

"선수가 말 안 하던가요? 제가 맘만 먹으면 인공위성도 만들 수 있다고."

선수는 3490의 본명이었다.

"네, 그 얘기는 들었습니다. 그러면 제가 물건을 좀 봐도 되겠습니까?"

"물론이죠. 따라오슈."

그렇게 창수라는 사람이 지하실로 날 데려갔다.

"자, 맘에 드는 걸로 골라 보슈."

그렇게 말하면서 창수가 내 앞에 자랑스럽게 물건들을 펼쳐 보였다.

여성들이 사용하는 립스틱, 브로치를 비롯해서 배지형, 만년필형 기타 등등 내가 보기에도 감쪽같아 보이는 물건들이 흘러넘쳤다.

"이게 괜찮을 것 같군요!"

난 그중에서 만년필형 소형 카메라를 집어 들었다.

"아이고, 우리 의사 선생님이 보는 눈이 탁월하시네? 그거 완전 명품이죠. 녹음, 녹화 연속 재생 200시간까지 가능하거든요. 성능이 죽여줍니다."

"그래요? 혹시 이게 카메라인 게 탄로 나지 않을까요? 잉크 넣을 때나 아니면 필기할 때라도."

"후후후, 걱정 붙들어 매슈. 이거, 일반인들은 때려죽여도 구분 못 해요."

"확실합니까?"

"아무 걱정 마십시오. 저랑 선수랑은 형제지간이나 다름 없죠. 그놈 얼굴을 봐서라도 제가 선생님한테 사기를 치겠습니까? 확실합니다. 저 같은 전문가 아니면, 절대 구분 못 합니다. 이 바닥에 갈고닦은 제 인생 20년을 걸고 약속드립니다. 믿고 써 보시죠. 다만, 만년필 자체도 고급이라 단가가 좀 나갑니다."

"그런 건 걱정하지 마십시오. 제작 시간은 오래 걸리나요?"

"아뇨, 이미 부품이 다 구비되어 있어서 담배 한 대 피우실 시간만 있으면 가능합니다."

"담배 안 피우는데요?"

"하하하, 우리 선생님이 유머러스하시네. 그러면 밖에 나가셔서 커피 한잔 하시고 오십셔. 완벽하게 만들어 놓을 테니까."

"네, 그러면 일반 만년필도 있죠?"

"네? 네네, 당연히 재고가 있죠. 그래야 개조하니까. 근데 그건 왜요?"

"만년필이 예뻐서 그건 내가 쓰려고요. 이거랑 똑같은 것이어야 합니다. 이 빗살무늬도 똑같이요."

"하하, 어지간히 이 만년필이 맘에 드셨나 봅니다. 알겠수다. 제가 특별히 50% 디씨 해 드리죠."

"네, 감사합니다."

띠띠띠띠.

창수로부터 물건을 받은 난, 곧바로 유나한테 전화를 걸었
다.

"유나 씨, 제가 택배를 하나 보내 드릴 텐데, 이거 우리 교
도관님께 전해 주세요. 저한테 워낙 잘해 주신 분이라 제가
보답하고 싶어서요."

─아, 오빠 대신 사인회에 오신다는 그분요?

"네, 저한테는 정말 은인 같은 분이시거든요. 저 여기 교
도소 들어와서 헤맬 때, 여러모로 도와주신 분이에요."

─어머, 정말요? 그럼 저도 잘해 드려야겠네요. 그나저나
그런 분이면 직접 드리는 게 낫지 않아요?

"아뇨, 그분이 워낙 청렴하신지라, 제가 직접 드리면 절대
안 받으실 거예요. 유나 씨 팬이라고 하니까, 유나 씨가 드리
는 것처럼 하면 엄청 좋아하실 거예요."

─아하! 그래요?

"네, 제가 드렸단 소린 하지 마시고요. 그러면 불편해하실
거예요."

─호호호, 알았어요. 윤찬 쌤, 완전 스윗하시다. 완전 키다
리 아저씨 같아요!

"아뇨, 제가 워낙 도움을 받은 게 많아서요. 아무튼, 꼭 좀 부탁드려요!"

─그럼요! 제가 잘 가지고 있다가 꼭 드릴게요!

"네네, 유나 씨가 드리면 배 교도관님이 엄청 좋아하실 거예요."

─알았어요! 우리 나중에 그분이랑 같이 봐요.

아뇨, 그럴 일은 없을 것 같군요.

"네, 기회 되면요."

♥

김봉구 계장실.

마침내 김봉구 계장과 담판을 지어야 할 때가 왔다.

난 모든 자료를 준비해 그의 집무실을 찾아갔다.

"어서 오세요, 김 선생! 거기 앉아요."

내가 온 이유를 알 리 없는 김봉구 계장이 자리를 안내했다.

"드릴 말씀이 있어서 찾아왔습니다."

"그래요, 말씀해 보세요. 혹시 의약품이 부족합니까? 부족하면 품의를 올리면 최대한……."

"아뇨, 의약품은 충분합니다. 그건 됐고. 길게 말씀드리지 않겠습니다. 3544(차세대)의 병이 위중합니다. 최대한 빨리 대학 병원으로 옮겨 치료를 받아야 합니다."

"흐음, 그건 내가 좀 곤란하다고 말씀드렸을 텐데?"

김봉구 계장이 고개를 삐딱하게 세우며 말했다.

"왜 곤란합니까?"

"어허, 김 선생도 이곳에 온 지 1년이 넘었으면, 대충 여기가 어떤 곳인지 감을 잡아야 할 것 아니오? 지금 3544는 불법을 저질러 행형법에 의거 근신 처분을 받고 있는 거 몰라요?"

"행형법을 보면 행형법을 위반한 자라 할지라도, 생명의 위협을 받을 정도로 위중한 병을 앓고 있는 경우, 적절한 치료를 받을 수 있는 걸로 알고 있는데요?"

"뭐, 내가 보기엔 멀쩡하던데?"

"안 멀쩡합니다. 당장, 3544를 대학 병원으로 이송하겠습니다."

"허허허, 그건 김 선생이 결정할 일이 아니야. 내가 적절히 판단해 필요하다면 그렇게 진행토록 하지. 아직은 허락할 수 없어 유감이네."

"……."

"흐음, 더 이상 할 말 없으면 나중에 또 대화 나눔세. 나, 곧 법무부 교정본부에 들어가 봐야 해서 말이야."

"이보세요, 계장님! 제가 지금 계장님의 허락을 받으러 온 사람 같습니까?"

난 소파에서 일어서려는 김봉구 계장을 주저앉혔다.

"뭐라고? 지금 그 말이 무슨 뜻이지?"

"다시 말씀드리죠. 전, 지금 계장님의 허락을 받으러 온 것이 아닙니다. 3544를 대학 병원에 이송하겠다는 통보를 하러 온 거죠."

"통보? 지금 통보라고 했나?"

김봉구 계장이 눈매를 좁히며 날카롭게 날 응시했다.

"그렇습니다. 당장 3544를 입원시키겠습니다. 내 맘대로 할 수도 있지만, 최소한의 예의를 지키기 위해서 말씀드린다는 걸 명심하십시오."

"하하하, 재밌군. 그래서 내가 그 통보를 못 받아들이겠다면?"

"뭐, 굳이 그렇게 똥인지 된장인지 찍어 먹어 보셔야겠다면, 그렇게 해 드리죠. 자, 이거 한번 확인해 보십시오."

난 보안과 지하실에서 3544가 린치를 당하는 장면이 녹화된 파일이 든 USB를 그에게 넘겼다.

"이게 뭔가?"

"뭐, 보시면 알 것 같은데요?"

"그래? 도대체 이게 뭐야? 쌈박한 야동이라도 들어 있나?"

김봉구 계장이 대수롭지 않다는 듯이 USB를 받아 자신의 노트북 슬롯에 꽂았다.

'대체 뭔데 이 난리……'

곧이어 노트북 모니터에 재생되는 영상.

[3544! 세대야! 너도 살아야 할 것 아니야? 그냥. 불어! 너 이러다가
골병 나 죽어 새끼!]

배신남 교도관을 비롯해 자신의 부하들이 3544를 잔혹하
게 고문하는 영상이었다.

"뭐, 이, 이게 뭐야??"

그 영상을 지켜보던 김봉구 계장의 눈동자가 부풀어 올랐
다.

"뭐긴 뭡니까, 당신들이 자행한 인권유린의 현장이지."

"이, 이걸 어떻게??"

"뭐, 설명하지면 깁니다. 굳이 말씀드리자면 당신의 부하
교도관들이 스스로 만들어 낸 걸작(?)이라고 해 두죠."

"뭐, 뭐라고? 스스로?"

"네, 그거야 조사해 보면 알게 될 것이고, 여기 3544에 관
한 제 소견서와 연희병원에 의뢰해 확인한 유전자분석 결과
입니다. 이만하면 충분히 설명이 되었을 텐데요? 참고 삼아
한번 읽어 보십시오! 봐 봤자 무슨 소린지 모르겠지만. 전,
이만 가 보겠습니다."

툭, 난 김봉구 계장 앞으로 서류 봉투를 밀었다.

"자, 잠깐! 김 선생!"

그러자 김봉구 계장이 황급히 내게 다가와 팔을 움켜쥐었다.

"자, 잠깐만! 잠깐! 나, 나랑 얘기 좀 하자고."

얼굴이 사색이 된 김봉구 계장이 말을 더듬었다.

"바쁘시다면서요?"

"아, 그거, 그거야 나중에 천천히 처리해도 돼! 이, 일단 좀 앉지."

"저 의무실 일이 바빠서 좀 그런데?"

"아니야. 잠깐, 잠깐이면 돼."

그렇게 김봉구 계장이 날 억지로 눌러 앉혔다.

"이 사람아! 융통성이 좀 있어야지. 앉아."

김봉구 과장이 애가 타는지 바짝 타들어 간 입술에 침을 둘렀다.

"네, 그렇게 하죠. 다만, 그리 오래 앉아 있을 수는 없을 것 같군요."

"그래그래, 알았어. 자네가 이런 파일을 들고 나를 찾아왔을 때는 그만한 목적이 있어서 아니겠나? 말씀해 보시게. 내가 뭐든 들어줄 테니."

간이든 쓸개든 원하면 뭐든지 빼내 줄 기세였다.

"아뇨, 저 계장님한테 원하는 거 없는데요?"

"아, 맞아. 3544! 당장 대학 병원으로 이송할 수 있도록 재가를 해 주겠네. 그러면 되겠나?"

김봉구 계장이 안절부절못하며 어쩔 줄을 몰라 했다.

"후우, 아니 제가 분명히 말씀드렸을 텐데요? 과장님의 재가 따위는 필요 없을 거라고요."

"뭐, 뭐라고? 그, 그게 무슨 소린가?"

"계장님, 좀 답답한 면이 있으시군요? 이게 지금 원본이라고 생각하세요?"

"뭐? 뭐라고??"

당황한 김봉구 계장이 눈을 깜박거렸다.

"이미 관련 서류 모두 첨부해서 경촌지청에 보내고 오는 길입니다. 이미 3544를 대학 병원으로 이송하라는 명령서까지 받아 놓은 상황이라고요."

"그, 그게 정말이야?"

"그러면 이게 원본인 줄 알았던 겁니까? 어휴, 절 그렇게 바보로 아셨다면 계장님 실수하신 거예요."

"……"

붉으락푸르락 김봉구 계장의 얼굴이 총천연색으로 물들었다.

"아무튼, 조만간 명령서가 우리 교도소에 전달이 될 겁니다. 그러니까 제가 말씀드리지 않았습니까, 계장님 재가 따윈 필요 없다고요. 제발, 제 말 좀 믿어 주시죠, 이젠."

"……"

개기름이 껴 번들거리는 김봉구 계장의 광대를 타고 굵은 땀이 연신 흘러내렸다.

"더 하실 말씀 없으시죠? 의무실을 오래 비워 둘 수 없어서 전 이만 가 보겠습니다. 검찰 조사, 잘 받으십쇼."

"……."

"그럼 가 보겠습니다."

쾅, 그렇게 난 자리에서 일어나 문을 박차고 나갔다.

"으아아아악!"

곧이어, 문밖으로 김봉구 계장의 울부짖음이 새어 나왔다.

이젠 개개복초(箇箇服招)만이 살길임을 명심하십시오.

한때, 당신이 호랑이인 줄 알고 걱정도 했었지.

하지만 알아보니 당신은 호랑이가 아니더군. 그저 썩은 고깃덩어리나 씹어 삼키는 승냥이일 뿐.

굿바이, 봉구 씨!

적은 적으로, 국회의원은 국회의원으로

한 달 후.

3544를 구타하는 영상 자료를 근거로 검찰 조사가 착수되었다.

그런 이유로 수차례 검찰 조사를 받고 온 김봉구 계장. 당연히 구속 수사를 기대했던 난 뜻밖의 소식을 접했다.

"과장님, 김봉구 계장이 구속을 면했다고요?"

정직한 과장의 표정이 굳어 있었다.

"왜 그런 결과가 나온 거죠? 증거는 차고 넘치는 수준 아니었습니까?"

"그거야 그렇지."

"그런데 왜 불구속입니까? 게다가 정상 업무 복귀요? 그러면 우리가 노력한 건 뭐가 됩니까?"

"얻은 게 없는 건 아니지. 일단, 3544를 연희병원으로 이송시킨 것도 크고, 김봉구 계장이 업무 복귀를 했지만, 보안, 교화 업무는 배제야. 이렇게 되면 김봉구 계장이 재소자들을 상대할 일은 없지 않을까? 접견 신청 창구로 발령이 났으니까."

"아뇨, 그 정도로는 부족해도 한참 부족합니다. 김봉구 계장이 뒤에서 조종할 거예요. 완전 직위 해제에 구속 수사가 이뤄졌어야 한다고요."

"흐음, 어쩔 수 없어. 아무래도 김치한 쪽에서 손을 쓴 것 같더라. 그 인간이 나는 새도 떨어뜨린다는 권력자 아니냐?"

"결국 그런 거였습니까?"

"뭐, 권불십년이라지만 김치한 그 사람은 해당이 안 되나 보다. 권력을 잡은 지 10년도 훨씬 넘었다만 여전히 그 위세가 대단한가 봐. 너무 아쉬워 말자, 분명 기회가 있을 거야."

김봉구 계장을 제외한 그 끄나풀 일당은 전부 직위 해제되었고, 실질적으로 김봉구 계장의 오른팔 역할을 했던 배신남 교도관은 구속 수사까지 받게 되었다.

어떻게 보면 나쁘지 않은 결과일지 모르나, 김봉구 계장이 미꾸라지처럼 빠져나간 건 뼈아팠다.

'굿바이, 김봉구!'가 되지 않는 한, 김봉구란 독버섯은 다시 피어날 것이고, 내가 복무를 마치고 이곳을 떠나게 되면,

모든 것이 도로아미타불이 될 공산이 컸다.

난 어떻게든 내가 이곳에 있는 동안, 김봉구 계장의 모든 것을 낱낱이 드러내 뿌리를 뽑아야만 했다.

김봉구 계장! 돌잔치 때 무명실이라도 잡았습니까? 생각보다 목숨 줄이 기네?

김봉구 계장이 김치한이라는 이무기 등에 올라타 있다고?

좋아, 그렇다면 이무기는 이무기로 잡아야지.

띠띠띠띠.

난 내 양어머니인 김복순 회장님께 전화를 걸었다.

"어머니, 접니다."

─오야, 내 새끼! 깜빵 생활은 할 만하드나?

"어휴, 제가 무슨 재소자입니까, 깜빵 생활을 하게."

─야야, 교도소 밥 먹으면 다 똑같이 거이야. 그러니까, 밥은 잘 챙겨 먹고 있간?

"그럼요, 어머니가 그러셨잖아요. 철근도 씹어 먹을 나이라고."

─고럼, 고럼. 그래야 옳지. 그나저나 지안이 그 아이, 퇴원하면 내가 당분간 데리고 있을란다. 한번 만나 보니 아가 참, 참하더라. 똑똑하기도 하고.

"정말요? 감사합니다."

─니가 왜 감사하니? 지안이가 네 딸이네? 아무튼, 서양

물도 좀 먹여 보고 쓸 만하면 내가 데리고 있을 거야.

"네네, 아마 잘 해낼 겁니다."

─그나저나, 무슨 일로 전화를 다 줬니? 평소에는 코빼기도 안 비치던 간나새끼가.

"아, 맞다! 어머님, 혹시 저 한반도 국회의원을 좀 만날 수 있을까요?"

─뭐라? 그 빌어먹을 놈을 뭐 하러?

"흐음, 뭐 어머님 양아들이면 제 형님뻘이 되는데, 친하게 지내는 게 낫지 않겠어요?"

─됐다, 그 종간나새끼! 내 호적에서 파낸 지 오래야.

"에이, 그러지 마시고 좀 만나게 해 주세요."

─왜? 니가 그 인간 사람이라도 맹글어 줄 거니?

"뭐, 못 할 것도 없죠."

─그래? 좋다야. 그러면 만나라. 그놈의 새끼, 내가 죽으라면 죽는시늉이라도 할 놈이니까.

"네, 부탁드립니다."

─그게 다니?

"네? 그럼 또 뭐가……."

─니는 장개 안 가니? 내가 점찍어 둔 참한 처자 하나 알고 있는데…….

"아이고, 어머니! 환자 몰려와요. 나중에요. 나중에 전화 드릴게요."

결혼 얘기가 나오자 난 황급히 전화를 끊어 버렸다.

❤

"반도야, 잔소리 까지 말고 우리 윤찬이 한번 만나라."

"네? 어머님, 곧 있을 국정감사 때문에 정신없이 바쁜 터라, 좀 곤란합니다. 자료 조사해야 할 것도 많고……."

"어디서 개 풀 뜯어 먹는 소릴 지껄이네? 자료 조사를 니가 하니? 니 보좌관들이 하는 거지. 아무튼, 하라는 대로 해라. 그러지 않으면 국물도 없는 줄 알아. 세상에서 젤 치사한 게 뭔지 아네?"

"네? 그게 무슨 말씀이십니까?"

"줬다 뺏는 거야."

"네?"

"니 가슴팍에 달고 있는 국회의원 배지를 누가 달아 줬나 잘 한번 생각해 보라. 알간?"

"아, 네. 죄송합니다, 어머님."

"그 어머니 소리 계속하고 싶으면, 내가 하라는 대로 해, 괜히 나 치사한 사람 만들지 말고 윤찬이 만나라. 시간 없으면 만들라. 무조건!"

"네, 알겠습니다. 그렇게 하겠습니다."

양어머니 김 할머니의 파워는 대단했다. 차마 김 할머니의 명령을 거절할 수 없었던 한반도 의원이 나를 찾아 이곳까지 찾아왔다.

주말, 경촌 시내 모 음식점.

"의원님, 먼 길을 오시게 해 죄송합니다. 당연히 제가 찾아가 뵈어야 하는데, 제 업무가 업무인지라 이렇게 무례하게 의원님을 여기로 모셨습니다."

"아니, 괜찮아. 이참에 우리 지역구 한번 둘러보는 것도 나쁜 건 아니야."

정선, 경촌은 한반도 의원의 지역구였다.

"그러면 다행입니다. 일단, 식사부터 하시죠. 여기 한정식이 제법 맛있습니다."

"그러지."

잠시 후, 나와 한반도는 식사를 마쳤다.

"음식은 입에 맞으십니까?"

"음, 뭐 나쁘진 않네. 그건 그렇고, 김 선생이 나를 보자고 한 이유가 뭐지?"

김 할머니의 불호령에 어쩔 수 없이 찾아왔지만 여전히 나와의 만남을 탐탁지 않게 생각하는 한반도 의원이었다.

"의원님께 부탁 하나만 청하려고요."

"부탁이라……. 총선을 앞둔 국회의원한테 무슨 부탁을 하려는 건지 모르겠군. 딱히 내가 김 선생을 도와줄 일이 없을 것 같은데?"

얼마 안 있으면 벌어질 총선을 염두에 둔 발언이었다. 자칫 잘못 엮였다간 판 자체가 '나가리'가 될 수 있기에 조심스러울 수밖에 없는 그였다.

"의원님이 뭔가 오해를 하신 것 같군요. 사적으로 부탁을 드리려는 것이 아니라, 공적인 문제입니다."

"공적인 문제라고?"

"네, 그렇습니다."

"그래? 어디 일단 들어나 보지."

"네, 실은……."

난 한반도 의원에게 최근 불거진 교도소 내 인권 문제에 관해 그에게 상세히 설명했다.

"음, 그러니까 이 사건을 재수사할 수 있도록 힘을 써 달라, 그런 건가?"

고개를 갸우뚱거리는 모습이 영 내키지 않는 모양이었다.

"그렇습니다. 힘을 써 달라기보단, 잘못된 법 집행을 바로 세워 달라는 겁니다."

"글쎄, 내가 아무리 이 지역 국회의원이지만, 검찰 일에 왈가왈부할 입장은 못 되는데? 내가 관여하기엔 좀 무리가 있어."

여우 같은 인간!

괜히 검찰 일에 관여했다가 권력 남용이니 압력이니 말이 새어 나오면 귀찮아질 터. 그 점을 우려하는 것 같았다.

"힘없는 재소자가 인권을 유린당한 심각한 사건입니다. 명백한 증거가 있음에도 불구하고, 가해자가 풀려났어요! 이건 바로잡아야 하지 않겠습니까?"

"아아! 김 선생의 말은 알겠는데, 내가 직접 나설 일이 아니래두. 음, 서울 올라가면 내가 우리 당 법사위 위원에게 한번 귀띔하지. 그러면 되겠지?"

아니, 내가 당신을 몰라? 소식을 전하지도 않을뿐더러, 설사 백번 양보해 내 얘기가 전달된다 할지라도 그들이 과연 움직일까? 자기와 아무런 관련이 없는 시골 교도소 사건에?

절대 그런 일은 없을 것이다.

뭐, 이렇게 나온다면 나도 당신이 덥석 물 만한 미끼를 던져 주는 수밖에.

"김치한 의원이 김봉구 계장과 연결되어 있습니다."

"뭐? 뭐라고?"

지금까지 데면데면하던 한반도 의원의 눈동자가 부풀어 올랐다.

내 기억에 의하면 김치한 의원과 한반도 의원은 숙명의 라이벌이 될 팔자였다.

일단 서로 속해 있는 당이 달랐다. 게다가 지금까진 지역구가 달라 서로 으르렁거릴 이유가 없었으나, 정치판에 지각변동이 생기면서 숙명의 라이벌이 될 팔자였으니까.

서울에서만 3선을 내리 달성한 김치한 의원.

그가 당내 세력 약화로 자신의 지역구를 빼앗길 위기에 처하자 자신의 고향인 정선, 경촌으로 지역구를 변경한 것.

끝까지 살아남으려는 김치한 의원의 최후의 발악이었던 셈.

그로 인해 무주공산이었던 한반도의 지역구에 지각변동이 일어나게 된다.

결국, 내 기억 속에 선거 결과는 한반도 의원의 참패.

이를 계기로 김치한 의원은 기사회생하고 한반도는 내리막길을 걷게 되었다.

이미 여의도에선 김치한 의원이 지역구를 옮길 거라는 소문이 파다했고, 이런 소문은 한반도 입장에선 여간 껄끄러운 게 아니었다.

그런데 내가 김치한 의원을 언급하니 어찌 놀라지 않을 수 있겠는가?

"그, 그게 사실인가?"

가뜩이나 고심거리였던 김치한 의원. 머리 회전이 빠른 한반도 의원이 이를 간과할 리가 없을 터. 한반도 의원의 목소리가 미세하게 흔들렸다.

"관련 증거들도 어느 정도 확보해 뒀습니다."

"흠흠, 하아, 그래요? 그렇다면 그냥 꽁으로 내가 그 자료를 받긴 힘들겠네요? 내가 그 자료를 받아 보려면, 그만한 대가를 지불해야겠죠?"

갑자기 어투가 바뀌는 한반도. 역시, 한반도는 제법 장사를 할 줄 아는 사람이었다.

"네, 두말하면 잔소리 아니겠습니까?"

"후후후, 그러니까 그 자료를 손에 얻으려면 좀 전에 말한 부탁을 먼저 들어 달라?"

"역시, 의원님은 대화가 통하십니다."

"좋아요, 뭐 그 정도 거래라면 내가 마다할 이유가 없겠지. 근데, 만약에 일은 일대로 해 놓고 내가 그걸 못 받게 되면 어쩌지? 그러면 그 거래는 내가 손해인데?"

"의원님, 거래란 '수요공급의법칙'에 충실할 수밖에 없지 않겠습니까? 원하는 사람이 많으면 그만큼 가격은 올라가기 마련! 김치한 의원의 목을 노리는 사람은 의원님 말고도 많으니까요. 당연히 의원님이 손해를 보셔야 하지 않겠습니까? 다만, 전 그저 어머님과의 연을 생각해서 의원님께 먼저 기회를 드리는 겁니다."

"그러니까 군소리 말고 주는 대로 받든지 말든지 해라 그 뜻이오?"

"네, 그렇습니다."

"하하하, 어린 친구가 제법 장사꾼 태가 납니다?"

"후후, 칭찬으로 듣겠습니다."

"에이, 아무리 그래도 시장서 물건을 사고팔 때도 맛보기라는 게 있고, 수박 한 덩이를 사더라도 꼭지를 따 보고 잘 익었나 확인해 보는 것이 인지상정 아닙니까?"

보여 달라는 거다. 내가 가지고 있는 패가 '뻥카'인지 아닌지를 말이다.

"물론이죠. 그 정도 서비스야 해야 도리 아니겠습니까?"

슥, 김치한 의원과 김봉구 계장이 향응을 즐기는 자료 중 일부를 한반도 의원에게 확인시켜 주었다.

물론, 이 모든 자료는 간지석에게서 나온 거다.

"허허허, 이거 참 심오한 자료구먼."

자료를 살피던 한반도 의원의 눈빛이 제법 날카로웠다.

"그럼요. 그리고 제 생각엔 김치한 의원이 이곳으로 오면, 의원님이 지실 겁니다."

"김치한 의원이 이곳에 와요?"

한반도 의원이 모르는 척 되물었다.

"저도 귀가 있으니까요. 여의도 찌라시 정도는 제 귀에도 들어옵니다."

"그렇습니까? 허허허, 보통이 아니십니다? 우리 어머니가 김윤찬, 김윤찬 하는 이유를 이제야 알겠군요."

"뭐, 과찬이십니다. 그건 그렇고, 어떻게 하시겠습니까? 저랑 거래를 하시겠습니까?"

"그럽시다. 수박이 이렇게 잘 익었는데, 사지 않을 이유가 뭐가 있겠소. 당연히 웃돈을 얹어 주는 한이 있어도 사야지."

"그러면 거래가 성사된 걸로 알겠습니다, 의원님!"

"법과 정의를 바로 세우자는데, 내가 마다할 이유가 뭐가 있겠어요! 이 나라의 민주주의를 위해서라도 당연히 해야 할 일이 아니오! 그런 면에서 우리 한잔합시다!"

"네, 의원님!"

이이제이! 적은 적으로 잡듯이, 국회의원은 국회의원으로 잡는 게 가장 쉽다.

♥

교도소 접견 신청 창구.

"고생하시네요?"

출근하는 길, 김봉구 계장을 보기 위해 민원실을 들렀다.

김봉구 계장은 대민 업무에 열심이었다. 큰일이 있었음에도 불구하고 표정은 밝아 보였다.

"하하하, 그래 보이나? 나름 이곳도 할 일이 만만치가 않던데? 생각보다 업무량이 많아."

김봉구 계장이 서류철을 살펴보며 웃었다.

웃어? 언제까지 그렇게 웃을 수 있나 봅시다.

"그렇습니까?"

"그럼, 여기서 일해 보니까, 새삼 느끼는 게 많아."

당신이 저지른 과거나 좀 뉘우치지 그랬습니까?

"뭘 그렇게 느끼셨습니까?"

"가만 보니까, 우리나라 사람들이 참 정이 많아. 아무리 죄를 지었어도 가족애는 어쩔 수 없나 봐? 이렇게 때 되면 영치금도 넣어 주고 면회하러 오니 말이야. 나 같으면 쳐다도 안 볼 것 같은데 말이야."

"그럼요. 가족이니까요. 죄는 미워해도 사람은 미워해서는 안 되는 거잖습니까?"

"그러게. 이렇게 교도소에 수감되어도 집에 돌아가면 하나같이 귀한 형제, 자식들인데 말이야. 여기서 근무했던 경험이 나중에 복귀하면 아주 유용할 것 같아."

김봉구 계장이 입가에 미소를 지었다.

복귀라? 그게 가능하겠습니까?

"복귀요?"

"그럼, 복귀해야지. 복귀해서, 내 역할을 다해야 하지 않겠나? 여기 일하면서 뼈저리게 느꼈다네. 아랫사람 관리 잘못한 것도 잘못이라면 큰 잘못이더라고. 이 점을 거울삼아 앞으로는 실수 없도록 해야지."

나를 힐끗거리는 눈빛이 꽤 매서웠다.

"아, 네."

"그나저나 출근하는 길인가?"

"네, 그렇습니다."

"그거 잘됐네. 요즘 신경을 많이 써서 그런가, 속 쓰림이 잦아."

"신경성 위염일 겁니다."

"그러게 말이야. 아침저녁으로 신트림도 올라오고, 아주 곤
혹이더라고. 좀 있다가 의무실에 갈 테니, 나 좀 봐 주겠나?"

"네, 그렇게 하죠. 어쩌면 오늘이 마지막일 수도 있으니
까."

"마지막? 자네, 어디 다른 데로 전근이라도 가나?"

"글쎄요? 아무튼 괜히 우리가 오늘이 마지막일지도 모른
다는 생각이 드는군요. 날씨가 꾸리꾸리해서 그런가?"

"김 선생, 어지간히 내가 미운가 보군. 그러지 말고 우리
앞으로 잘 지내보자고. 지난 앙금은 타 털어 버리고."

앙금은 털어 버리자면서 그 눈빛은 뭐냐? 지금이라도 당
장 잡아먹을 듯한데?

"네네, 죄는 미워해도 사람은 미워하지 말라는 말이 있으
니까요."

"하하하, 사람하곤! 아무튼, 있다가 점심시간에 의무실에
들름세. 진료 좀 해 줘."

"네, 그렇게 하겠습니다."

♡

허세 소장실.

점심때쯤, 허세 소장이 김봉구 계장을 자신의 집무실로 호출했다.

"앉아요, 김 계장!"

"네, 소장님. 근데 저 속이 좀 안 좋아서 의무실에 가야 할 것 같은데, 진료받고 다시 오면 안 되겠습니까?"

"아니, 아니. 지금 그게 중요한 게 아니야."

허세 소장의 얼굴에 근심이 가득했다.

"네? 그게 무슨 말씀입니까?"

"후우, 어디서부터 말을 꺼내야 하나, 난감하군."

허세 소장이 손바닥으로 이마를 문지르며 곤혹스러운 표정을 지었다.

"무슨 일이십니까? 소에 무슨 일이라도 생겼나요?"

허세 소장이 왜 그러는지 영문을 알 수 없는 김봉구 계장이었다.

"일단, 이거부터 보고 얘기하자고."

툭, 허세 소장이 테이블 위에 문서가 든 봉투 하나를 올려놓았다.

"이게 뭡니까?"

"일단 열어 봐, 보면 알 테니까."

"이, 이게 뭡니까??"

봉투 속에 있는 내용물을 읽어 내려가는 김봉구 계장의 얼굴에서 점점 핏기가 가시기 시작했다.

"보면 모르나, 검찰 출두 명령서지!"

"그러니까, 이게 왜 저한테 온 거냐고요?"

마른하늘에 날벼락이라도 떨어진 듯, 명령서를 들고 있던 김봉구 계장의 손이 마구 떨렸다.

"자네가 모르는 걸 내가 어떻게 알겠나? 아무래도 일이 심상치 않게 흘러가는 것 같아. 당장, 김 의원한테 연락을 해 봐야 하지 않을까?"

김봉구 계장과 허세 소장은 운명 공동체. 김봉구 계장의 신상에 문제가 생기면, 자신도 무사하지 못할 거라는 걸 모를 리 없었다.

"이거 다 끝난 일 아닙니까?"

"그래, 나도 그런 줄 알고 안심하고 있었지. 그런데 아무래도 재수사가 이뤄진 모양이야. 그러니까 빨리 김 의원한테 연락해서 수습해야 할 것 아니야?"

"하아, 네, 알겠습니다."

"김봉구 계장! 이거, 우리 잘못되는 거 아냐? 나는 어떻게 해야 하는 거지? 나도 참고인으로 불려 가게 생겼어."

잔뜩 겁을 집어먹은 허세 소장이 발을 동동 굴렀다.

"뭔가 착오가 있었던 것 같습니다. 일단, 소장님은 모르쇠로 일관하십시오. 그러면 나머지는 제가 알아서 정리하겠습니다."

"그래그래, 난 김 계장만 믿음세. 나 잘못되면 절대 안 된

단 말일세. 다다음 달에 우리 딸 결혼식인 거 알지?"

애가 타는지 허세 소장이 김봉구 계장의 팔을 붙잡고 애원했다.

"걱정 마십시오. 제가 알아서 처리하겠습니다."

말은 그렇게 했지만, 뭔가 불안한 기운이 엄습하는지 김봉구 계장의 낯빛이 어두웠다.

띠띠띠띠.

허세 소장의 방에서 나온 김봉구 계장이 황급히 김치한 의원의 보좌관 김상돈에게 전화를 걸었다.

"보좌관님, 접니다."

김상돈 보좌관이 전화를 받자 김봉구 계장이 두 손으로 핸드폰을 움켜쥐었다.

―무슨 일이십니까?

"보좌관님, 의원님과 통화를 하고 싶은데, 전화를 안 받으셔서 전화드렸습니다. 의원님과 통화할 수 있겠습니까?"

―아뇨, 의원님은 지금 국정감사로 바쁘십니다. 저한테 말씀하시면 전해 드리죠.

"아, 네. 저, 말씀드리기 송구스럽지만, 검찰 출두 명령서가 날아왔습니다. 이게 어떻게 된 건지 모르겠습니다, 보좌관님! 혹시 뭔가 착오가 있었던 겁니까?"

―글쎄요. 저도 잘 모르겠는데요?

김상돈 보좌관이 시치미를 뚝 뗐다.

"네? 그게 무슨 말씀이십니까? 잠깐 한직에서 쉬면 깨끗이 마무리될 거라고 의원님이……."

─아니, 지금 무슨 헛소리를 하시는 겁니까? 우리 의원님이 당신한테 언제 그런 말을 했다는 거야, 어? 지금 우릴 뭘로 보고 그따위 망발을 지껄여요, 네?

"네?? 보좌관님! 지금 무슨 말씀을 하시는 겁니까? 저랑 분명히 약속하셨잖아요! 아무 문제 없도록 하겠다고!"

─시끄러워요! 아니, 어디 협박할 사람이 없어서 대한민국 국회의원을 협박해요? 김 계장님은 법이 무섭지도 않습니까?

"아, 아니, 그게 아니라."

─김 계장님, 지금 우리한테 찐붙어? 경고하는데, 의원님은 이번 일에 아무런 관여도 안 했고, 관심도 없습니다. 검찰에서 출두 명령서를 보냈으면 그만한 이유가 있었겠지요. 가서 조사나 잘 받으세요. 이만 끊습니다.

김상돈 보좌관이 냉정하게 전화를 끊어 버렸다.

"보좌관님, 보좌관님!!"

뚜뚜뚜뚜.

김봉구 계장이 보좌관을 반복해 불러 봤지만, 소용없었다.

"이게 어떻게 된 거야? 김치한 이 개새끼! 똥구멍 핥아 줄 때는 환장하며 좋아하더니만, 이렇게 날 배신해? 내가 가만 있을 줄 알아?"

으아아아악!

김봉구 계장이 자기 분에 못 이겨 비명을 질러 댔다.

💗

같은 시각, 김치한 의원실.

"김 계장인가? 좀 전에 보니까 부재중 통화가 거짓말 보태한 1백 통은 와 있더군."

김치한 의원이 퉁명스럽게 말했다.

"이참에 핸드폰을 바꾸시는 게 좋을 것 같습니다."

"그래, 자네 말대로 그래야겠어. 요샌 왜 이렇게 똥파리가 끼는지 모르겠어?"

"네, 맞습니다. 이제 더 이상 먹이를 주면 안 될 것 같아요. 아주 귀찮은 인간입니다. 의원님, 그 사람은 반드시 손절하셔야 합니다. 아무래도 한반도 의원실의 움직임이 심상치가 않아요."

"나도 알아. 그나저나 김봉구 저 인간이 가만있을까? 쥐새끼도 구석에 몰리면 고양이를 무는 법인데. 입단속을 시켜야 할 텐데 말이야."

"그건 걱정 마십시오. 제가 적당히 손을 써 놓겠습니다."

"어떻게 말이야?"

"아마도 김봉구 씨 장녀가 몸이 시원찮다죠?"

"흐음, 딸내미를 볼모로 잡겠다?"

"뭐, 그 정도는 아니고, 그냥 좀 활용을 하겠다는 거죠."

"그래, 그건 자네가 알아서 해. 아무튼, 김봉구 그 인간 입에서 쓸데없는 소리만 안 나오게 하면 되니까."

"네, 걱정 마십시오."

이런 걸 자중지란이라고 하나?

약육강식의 세계. 한반도는 김치한을, 김치한은 김봉구와 허세 소장을 향해 날카로운 이빨이 빼곡하게 박힌 아가리를 벌렸다.

공직자 뇌물수수죄.

뇌물공여죄.

행형법 위반 및 인권유린.

폭력 사주 등등.

김봉구 계장의 혐의는 한두 개가 아니었다.

이번 사건은 일개 교도소 계장의 일탈이 아니라, 그 뇌물수수 및 공여에 정치권 인사들과 고위층 공무원들 상당수도 연결이 되어 있기에, 검찰이 관심을 가지지 않을 수 없었다.

이번에야말로 제대로 된 수사가 이뤄지는 듯했다.

"윤찬아, 이제 드디어 김봉구 계장이 구속됐어. 이번엔 제대로 수사하겠지?"

오랜만에 정직한 과장의 얼굴이 밝아 보였다.

"네, 다행이네요."

"그나저나, 검찰이 왜 생각을 바꾼 걸까? 보통 이런 케이스의 경우, 재수사는 드문 편인데?"

"저도 모르죠."

"하긴, 네가 뭘 알겠냐? 검찰 쪽에 줄이 닿아 있는 것도 아니니까. 그냥 뭐, 하늘이 도왔다고 생각해야지. 안 그래?"

"네네, 맞습니다. 그리고 아직 정의는 살아 있는 것 같아요."

"글쎄다. 거기까진 모르겠고. 아무튼 김봉구 계장, 이번에 들어가면 쉽지 않을 것 같긴 해. 하여간, 자기가 뿌린 씨앗이니 겸허히 받아들여야지."

"맞아요, 콩 심은 데 콩 나지, 팥 심은 데 콩 나지 않습니다."

"그나저나 허세 소장도 이번만큼은 무사하지 못하겠지?"

"뭐, 그럴 겁니다. 허세 소장이나 김봉구 계장이나 한 몸이니까요. 그나저나 김봉구 계장 딸이 아프다면서요?"

"응, 많이 아프다고 하네? 자기 딸 귀한 줄 알면, 남의 자식도 귀한 줄 알아야지. 어떻게 재소자들을 그렇게 두들겨 패냐? 천벌 받을 인간!"

"음, 병명이 뭔가요?"

"얼핏 들으니 뇌종양이라고 하더군. 근데 그게 희귀병이라 치료비가 어마무시한가 봐."

"그래서 온갖 곳에서 상납을 받았던 겁니까? 딸 치료비를 마련하기 위해서?"

"그렇지. 아무래도 그 목적이 크다고 봐야지. 관련 업체들한테서 상납받고 그걸로 또다시 윗선에 상납하고 악순환의 연속이었지. 자업자득이야."

정직한 과장이 안타까운 듯 입술을 잘근거렸다.

"네, 자업자득 맞습니다. 딸이 아픈 건 아버지 입장에서 안타까운 일이지만, 그렇다고 김봉구 계장의 악행이 용서되는 건 아니니까요."

"물론이지. 죄를 지었으면 죗값을 받아야지."

자업자득.

자신이 저지른 과오가 자신에게 돌아온다는 말.

맞다.

김봉구 과장의 불행한 현재는 잘못된 과거 삶의 결과니까.

진짜! 굿바이 봉구 씨!

그해 겨울.

검찰 조사 결과, 김봉구 계장과 허세 소장의 모든 혐의는 입증이 되었다. 그에 따라, 김봉구 계장과 허세 소장은 재판을 받는 처지가 될 수밖에 없었다.

그들이 그렇게 구속됨으로써 경촌교도소에는 인력 공백이 생겼고, 이를 메우기 위해 새로운 교소소장이 부임하게 되었다.

물론, 김봉구 계장이 맡았던 자리는 정직한 과장이 승진해 대신하게 됐다.

이렇게 내가 이곳 경촌교소도에 온 지도 벌써 2년, 이제서서히 교도소 근무를 마무리해야 할 시점이 왔다.

물론, 내가 이곳을 떠나기 전에 반드시 해결해야 할 일이 하나 남아 있긴 하지만 말이다.

교도소 의무실.

어느 날, 재소자 한 명이 굉장히 고통스러운 표정으로 자신의 배를 움켜쥐며 의무실로 찾아왔다.

아버지와 아들

그는 3299 장덕구, 60대 장기수였다.

얼핏 봐도 병색이 완연한 모습.

굳이 어디가 아프냐는 말을 물어볼 필요가 없을 정도로 그의 상태는 악화되어 있었다.

"여기 누워 보세요! 정 교도관님, 3299 좀 눕혀 주세요."

"네, 알겠습니다."

정 교도관의 도움을 받아 3299가 힘겹게 베드 위로 올라가 누웠다.

도대체 이게 어떻게 된 거야?

누렇게 변해 버린 피부와 눈을 볼 때, 검사를 하지 않아도 빌리루빈(황달) 수치는 정상 범위를 훨씬 넘고도 남을 것 같았다.

거기다 만삭의 산모와도 같이 불룩 솟아 있는 복부. 분명 어싸이티스(복수)가 가득 차 있음이 틀림없었다.

이거 장난 아닌데?

이 두 가지 증세만 보더라도 지금 3299(장덕구)는 간에 심각한 문제가 있음을 어렵지 않게 추측할 수 있었다.

"언제부터 이렇게 복수가 차기 시작했습니까?"

난 산더미처럼 부풀어 오른 3299의 배를 손가락으로 눌러봤다.

탄력을 잃어버린 피부, 손가락으로 누른 자리가 움푹 들어가더니 한참이 지나서야 제자리로 돌아왔다.

시선을 3299의 하체로 돌려 다리를 살펴보니 역시나 하지부종이 심했다.

즉, 망가진 간이 신장에까지 영향을 미쳐 이런 현상이 일어난 듯싶었다.

"모르겠어요. 몇 달 전부터 소화도 안 되고, 속이 더부룩하고 배만 이렇게 빵빵해지더라고요."

3299가 괴로운 표정을 지으며 힘겹게 대답했다.

"몇 달 전에는 괜찮았습니까? 그때는 별다른 증세가 없었나요?"

"네, 전에는 가스활명수 하나 마시지 않았는걸요. 소화불량 같은 건 없었어요."

"그 밖에 증상은요?"

"잠……을 못 자요. 밤에 잘 수가 없고 괜히 신……경……질이 나서 미치겠어요. 그리고 나, 날짜를 자주 까먹기도 하고요."

어눌한 말투에 발음 또한 뚜렷하지 않았다.

"네, 3299의 말이 맞습니다. 저도 그러고 보니 좀 이상했어요. 3299가 워낙 낙천적인 성격이라 평소에 화내는 걸 본 적이 없거든요. 그래서 같은 방 사람들도 3299를 잘 따르는 편이었고요. 그런데 요새 들어 방에서 자주 말다툼을 벌이더라고요."

정 교도관이 고개를 갸웃거렸다.

"그래요? 3299, 잠시만 일어나 앉아 보십시오."

"네에."

3299가 힘겹게 몸을 일으켜 세웠다.

"3299, 양팔을 쭉 펴신 후 손가락 끝은 위를 향하게 두시고 손바닥은 정면을 향하게 해 보세요. 이렇게요!"

"이렇게 말입니까?"

내가 양팔을 펼쳐 시범을 보이자 3299가 따라 했다.

마구 떨리는 손가락 끝. 심지어 그 손가락 끝이 점점 아래 방향으로 떨어졌다. 이건 분명 간성 뇌증을 앓고 있는 걸 방증하는 결과였다.

따라서 헤파틱 엔케팔로파시(간성 뇌증)일 가능성을 의심해 보지 않을 수 없었다.

"3299, 생일이 언제입니까?"

"네?"

"3299, 당신 생일이 언제냐고요?"

"언제더라······. 내 생일이 언제더라? 언제지? 아, 맞다! 3월 8일? 9일인가?"

3299가 답답한 듯 인상을 찌푸리더니 횡설수설했다.

이제 확실하다. 간성 뇌증이 틀림없어!

몇 가지 질문 끝에 내가 내린 결론이었다.

장에서 단백질이 소화되면 암모니아라는 독성 물질을 만든다.

이 암모니아는 간문맥을 통해 간으로 흡수되는데, 정상적인 간이라면 암모니아를 중화해 깨끗한 혈액을 혈관으로 내보내지만, 간에 심각한 문제가 발생하면 해독되지 않은 암모니아가 혈관을 통해 뇌까지 전달된다.

그러면 이 독성 물질이 뇌에서 독성 신경 물질로 변해 간성 뇌증을 유발해 3299와 같은 증세를 보이게 된다.

물론, 암모니아 외에 다른 독성 물질도 마찬가지였다.

심하면 간성혼수가 와 의식을 잃을 수도 있는 상황이었다.

지금 머릿속에 떠오르는 병명은 오직 하나.

몇 달 전에는 별다른 증세가 없었던 걸로 볼 때, 3299는 펄미넌트 헤파틱 페일리어(전격성 간부전)이 틀림없었다.

보통의 전격성 간부전의 경우, 건강했던 사람이 증세가 시작된 지 약 8주 전후로 간세포가 완전히 망가지고 간성 뇌증이 급작스럽게 찾아오기 때문에 예방하기 쉽지 않았다.

3299의 상태로 볼 때, 내과적 치료만으로는 불가능할 것 같고, 어쩌면 간이식(肝移植) 말고는 방법이 없을 수도 있었다.

그만큼 3299의 상태는 굉장히 심각했다.

하루라도 빨리 대학 병원으로 이송해 치료해야만 했다.

"이렇게 문제가 있으면, 바로 저를 찾아왔었어야죠!"

"어휴, 그냥 좋아지겠거니 싶었습니다. 소화불량이라고 생각해서 대수롭지 않게 생각했죠."

"하아, 지금 후회해 봐야 무슨 소용입니까. 당장 큰 병원으로 가서 검사부터 받아 봐야겠어요."

"큰 병원요? 제가 그만한 돈이 없는데요? 영치금도 이미 바닥난 지 오래고요."

"그런 건 걱정 마세요. 교도소에서 알아서 처리해 줄 겁니다. 단 하루도 지체할 시간이 없어요. 바로 병원으로 갑시다."

"네? 선생님, 저 혹시 죽을병이라도 걸린 겁니까?"

"걱정 마세요. 세상에 죽을병은 없습니다. 치료받으시면 좋아지실 거예요."

"네, 선생님."

3299의 초점 잃은 누런 눈동자가 일렁거렸다.

"선생님, 정 계장님께 보고해야겠죠?"

옆에 있던 정 교도관이 물었다.

"네, 그래 주시고, 빨리 앰뷸런스 보내 달라고 하십시오.
바로 대학 병원으로 가야겠습니다. 빨리요!"

"네, 알겠습니다."

내 말이 떨어지기가 무섭게 정 교도관이 의무실 밖으로 나
갔다.

일주일 후, 곧바로 강릉국립병원에 입원한 3299.

검사 결과가 나왔다. 혈액 응고 검사를 포함한 혈액검사,
간 초음파검사에 간 조직 검사까지.

결과는 최악이었다.

3299는 간이 정상적으로 가동하지 못해, 간성 뇌증은 물
론 뇌부종, 위장관 출혈, 신장 기능 장애, 대사장애 및 대사
성 산증까지, 간에 의해 야기될 수 있는 거의 모든 병을 몸에
지니고 있었다.

내가 예상했던 대로 3299의 병명은 펄미넌트 헤파틱 페일
리어(전격성 간부전)였다.

설상가상으로 이미 간 기능이 완전히 소실된 상황이라 내
과적인 치료는 의미가 없는 상황이었다.

3299를 살리기 위한 유일한 방법은 간이식뿐이었다.

"정 계장님, 3299가 전격성 간부전인 것 같습니다."

"전격성 간부전? 그게 무슨 병이지?"

정직한 계장이 심각한 표정으로 물었다.

"쉽게 설명하자면 간이 완전히 제 기능을 상실한 상태라는 거죠. 간이라는 게 회복력이 뛰어난 장기이긴 하지만, 3299의 경우처럼 단시간에 전격적으로 망가지게 되면, 회복력은 의미가 없어지게 됩니다."

"아니, 술, 담배도 안 하는 양반이 왜 간이 그렇게 된 거야? 내가 알기론 3299는 사회에 있을 때도 술, 담배는 입에도 안 댔던 걸로 아는데?"

정직한 계장이 이해할 수 없다는 표정을 지었다.

"술, 담배를 하지 않는 사람도 흔하지 않게 이 병에 걸린 사례가 많아요. 그것보다 진료 기록부를 살펴보니, 아세트아미노펜 계열의 진통제를 과다 복용했던 것 같더라고요."

"아세트아미노펜 계열의 진통제가 뭔데?"

정직한 계장이 고개를 갸웃거렸다.

"음, 우리가 흔히 복용하는 가이레놀 같은 진통제요."

"가이레놀? 그건 그냥 두통약 아니야?"

"네, 맞습니다."

"그 흔한 약이 문제가 되나? 나도 그거 달고 사는데?"

"네. 그렇긴 한데, 간에 문제가 있는 사람이 다량 복용하면 이렇게 간에 심각한 문제를 야기할 수도 있습니다. 그나저나, 제가 병원에 온 이후로는 3299에게 이걸 처방한 적이 없었는데, 어떻게 된 건지 모르겠네요."

"그거야 외부에서 조달했겠지. 사실, 김봉구 계장이 있을 때만 해도 의무실에서 진료받는 게 그렇게 녹록지 않았거든. 가이레놀 정도야 조달하려면 얼마든지 할 수 있으니까. 기가 막히네! 가이레놀이 그렇게 무서운 약인 줄 정말 몰랐어."

"정량을 지켜 복용하면 좋은 약이죠. 다만, 아무리 좋은 약도 과유불급일 때는 문제가 생깁니다."

"어쩐지. 그 양반, 신경통에 류마티스(류마티즘)를 달고 살더니만, 결국 이 사달이 난 거구먼."

쯧쯧쯧, 정직한 계장이 안타까운 듯 혀를 찼다.

"네, 적절한 치료를 받았으면, 어느 정도 선까진 예방할 수 있었는데, 안타깝네요. 하지만 어쩔 수 없죠. 지금부터라도 치료를 하는 수밖에요."

"하아, 그러면 어떻게 해야 하는 거지? 병원에서 치료하면 나을 수 있긴 한 건가?"

정직한 계장이 답답한 듯 자신의 이마를 문질거렸다.

"아뇨, 이미 내과적 치료는 불가능한 상황입니다."

"그러면? 병원에서 치료가 안 되면 어떻게 해야 한다는 거야?"

내과적 치료가 불가능하다는 말에 정직한 계장이 불안한 듯 물었다.

"간이식 말고는 답이 없을 것 같네요."

"가, 간이식이라고??"

깜짝 놀란 정직한 계장이 눈을 깜박거렸다.

"네, 현재까지는 그 방법 말고는 다른 수가 없습니다. 일단, 코노스(국립장기조직혈액관리원)에 등록은 해 놨는데, 그게 말처럼 쉽지는 않습니다. 일단 뇌사자가 나와야 하고, 그렇다 해도 3299가 우선순위에서 밀리기 때문에 간이식을 기약할 수 없어요."

"맞아, 그거 시간 오래 걸린다면서?"

"네, 워낙 대기자가 많아서요."

"그러면 3299는 어떻게 해야 하는 거야? 기증자가 나타날 때까지 손 놓고 있을 수는 없잖아."

"일단 뇌에 쌓인 과다한 체액을 줄여 독성 물질을 해독하고, 최대한 출혈을 막는 약을 써서 현 상태를 유지하는 게 최선이죠. 일주일 단위로 교도소와 병원을 오가야 할 것 같습니다. 이것도 쉬운 일은 아닌 듯해요."

"그렇게라도 해야지, 기증자가 나올 때까진."

"네, 그러는 수밖에 없죠. 다만, 임시방편일 뿐이에요. 최대한 빨리 간이식을 하지 못하면, 3299는 위험합니다."

"하아, 그러면 하나만 묻자. 가족이라면 기증이 가능한 거야?"

잠시 눈을 감고 생각에 잠겼던 정직한 계장이 물었다.

"네, 폐 같은 경우는 생체 이식이 불가능하지만, 간은 가능합니다. 그런데 3299는 가족이 없지 않나요? 전 그렇게 알고 있는데?"

"아냐, 아들이 하나 있어. 아마 지금 나이가 23살쯤 됐을 거야."

"아들이 있다고요?"

"어, 3299가 7년 전에 여기로 왔으니까, 그 아들이 중학교 2학년이었지 아마? 내가 그 녀석을 찾아가 한번 본 적이 있지. 3299 수감되고 혼자 어떻게 사나 걱정이 돼서."

"그런데 왜 아들은 면회를 한 번도 오지 않았던 겁니까? 3299도 아들 얘기는 한 적이 없는 것 같은데."

"글쎄? 한창 예민한 시기에 아버지가 이곳에 들어왔으니, 아버지가 얼마나 원망스러웠겠나? 뭐, 내 생각엔 연을 끊어 버린 것이 아닌가 싶어."

"아무리 그래도 그렇죠. 천륜이 끊는다고 끊어집니까? 아무튼, 잘됐습니다! 3299 아들한테 빨리 연락을 취해 주세요. 부자지간이니 간이식에 적합할 가능성이 큽니다."

"그래, 연락을 한번 해 보긴 하겠다만, 내 경험상 큰 기대는 안 하는 게 좋을 것 같아. 간을 내줄 정도로 부자간의 정이 남아 있었다면 면회를 왔어도 벌써 왔겠지. 벌써, 7년이나 지났어."

"그래도 손 놓고 가만있을 순 없죠. 빨리 연락을 해 봐 주세요."

"그래, 알았어. 내가 연락해 볼게."

"네, 하루라도 빨리요. 지금 3299에겐 시간이 없습니다."

"그래."

정직한 계장이 고개를 끄덕였지만 얼굴 표정은 밝지 않았다.

그리고 2주 후.

정직한 계장의 끈질긴 설득 끝에, 마침내 3299의 아들, 장한희가 병원으로 아버지를 찾아왔다.

마침내 마주한 두 사람. 7년 만에 이루어진 부자 상봉이었다.

❤

강릉국립병원.

"……."

7년 사이에 못 알아볼 정도로 수척해진 3299. 그 앞에 그의 아들 장한희가 무표정한 얼굴로 서 있었다. 기골이 장대한, 건강해 보이는 청년이었다.

"애비 얼굴 처음 봐? 안 잡아먹을 테니까 앉아."

3299 힘겹게 몸을 일으켜 세웠다.

"네."

장한희가 여전히 무표정한 얼굴로 자리에 앉았다.

"불효막심한 놈! 애비가 죽어 간다는 소식을 들었을 텐데, 이제야 나타나?"

3299의 표정에 노기가 가득했다.

"7년 만에 만난 아들한테 그게 할 소리십니까? 최소한 그동안 어떻게 살았냐고 물어봐야 하는 것 아닙니까?"

장한희가 싸늘한 표정으로 따져 물었다.

"그거야 잘 살았으니까 여기까지 왔겠지. 얼굴에 기름기가 낀 걸 보니 잘 먹고 잘 살았나 보구나. 애비는 이렇게 죽어 가고 있는데."

3299가 장한희의 몸을 훑어 내리며 빈정거렸다.

"제가 당신의 아들은 맞습니까?"

장한희가 어이없다는 듯이 물었다.

"당신? 이런 싸가지없는 놈을 봤나? 그게 애비한테 할 소리야? 네 애미가 그렇게 가르치던?"

"그 더러운 입에 엄마는 올리지 마시죠! 엄마가 어떻게 돌아가셨는지 몰라서 하시는 소립니까?"

"그것도 다 그 여편네 팔자야."

"당신이 저한테 아버지라고 할 자격이 있습니까?"

여전히 감정을 읽을 수 없는 장한희의 표정이었다.

"자격? 무슨 귀신 씻나락 까먹는 소리야? 잔소리 말고 간 내놔라. 애비로서 그만한 요구는 할 수 있는 것 아니냐."

"제가 왜 그래야 합니까?"

"아니, 이 후레자식 같은 놈이! 나 아니었으면, 네가 지금처럼 호의호식하며 살 수 있었겠어?"

"호의호식요? 식모살이하시던 엄마 뺑소니 교통사고로 돌아가시고, 저 중2 때부터 신문 배달, 우유 배달, 전단지 아르바이트에 식당 허드렛일까지 안 해 본 게 없어요!"

"그래서 그게 뭐 어쨌다는 거야?"

"한 달 내내 라면만 먹으면서 살았어요. 그나마 끼니를 거르지 않은 것만으로도 다행이었죠. 겨울이면 의료 재활용 박스 뒤져서 남이 버린 옷 입고 다녔습니다. 자기가 버린 옷 입고 다닌다고, 친구들한테 손가락질당한 게 한두 번이 아니었어요! 당신 눈엔 이게 호의호식처럼 보입니까?"

감정이 격해진 듯 장한희의 목소리가 미세하게 떨렸다.

"그거야 네 사정 아니냐! 다, 네 팔자거니 생각하거라."

흠흠, 3299가 장한희의 시선을 외면하며 헛기침을 했다.

"당신 정말 사람 맞습니까? 나한테 어떻게 그런 말을 할 수 있죠? 낳아 놓으면 다입니까? 이렇게 무책임하게 버려 놓고, 이제 와서 당신 아들 노릇을 하라고요? 이제 와서요?"

조금씩 장한희의 감정이 격해졌다.

"어쩔 수 없잖아? 날 탓하지 말고 내 아들로 태어난 걸 탓해라. 아무튼, 나 간이식 수술 받아야 하니까, 군소리 말고 검사받아! 일단 나도 살아야 할 것 아니냐?"

"당신, 정말 일말의 양심도 없는 사람이군요. 솔직히 이러실까 봐 안 오려고 했는데, 정 교도관 아저씨가 하도 간청해서 온 겁니다. 역시, 아저씨 말을 듣는 게 아니었어요."

장한희가 양 주먹에 힘을 주었다.

"뭐? 정 계장이?"

"네! 저한테 아버지는 당신이 아니라 정 교도관 아저씨입니다. 정 교도관 아저씨가 보살펴 주지 않았으면, 전 이미 죽었을지도 모르니까요."

"정 계장이 널 도와줬다고?"

"네. 당신 대신 내 부모님 역할을 해 주신 분이십니다. 저, 정 교도관 아저씨가 계셔서 억지로 버틸 수 있었죠. 저한테 아버지는 당신이 아니라, 정 교도관 아저씨입니다."

"하여간 오지랖이 태평양인 양반이군. 자기 앞가림도 못하면서 주접떨긴."

쳇, 3299가 못마땅한 듯 입을 삐죽거렸다.

"정 교도관님 욕하지 마십시오. 저한테는 아버지 같은 존재시니까요."

"지랄한다! 피 한 방울 섞이지 않은 그 사람이 어떻게 네 애비야? 그걸 말이라고 씨불이는 거야?"

"내가 지금 무슨 생각이 드는 줄 아십니까? 몸속에 흐르는 더러운 당신의 피를 전부 뽑아 버리고 싶어요. 할 수만 있다면요!"

결국 감정이 북받친 장한희가 울부짖었다.

"미친놈! 헛소리 그만하고 검사부터……."

"어이없군요. 당신 지금 뭔가 착각하고 있나 본데, 나 여기 아들 노릇 하러 온 것 아닙니다. 처자식 버린 당신의 말로가 얼마나 비참한지, 내 눈으로 직접 확인하고 싶어서 왔을 뿐이에요. 내가 왜 당신한테 제 소중한 간을 내줍니까? 하늘에 계신 엄마도 원하지 않을 거예요."

"뭐, 뭐야? 이런 후레자식 같은 놈을 봤나! 당장, 꺼져!"

3299가 버럭거리며 손을 내저었다.

"안 그래도 가려고 했습니다. 자식 된 도리로 장례는 치러 드리겠습니다. 이만 가 보겠습니다. 몸조리 잘하십시오."

"나가! 당장 나가라고!! 벼락을 맞아 죽을 놈아! 네가 천륜을 어겨? 그러고도 잘 살 것 같더냐? 천벌을 받을 거야, 이놈아!"

아아악, 3299가 온갖 악담을 퍼부으며 악다구니를 쳤다.

💔

그것으로 끝이었다.

다시는 찾아오지 않겠다는 장한희의 말대로 그날 이후, 그는 돌아오지 않았다.

그렇게 3299는 점점 쇠약해져 갔고, 장기 기증 소식 또한 감감무소식이었다.

간성혼수까지 온 3299는 생과 사의 순간에서 사투를 벌이고 있었다.

난 3299의 상태를 확인하기 위해 강릉국립병원의 3299 주치의 조상만을 찾아갔다.

강릉국립병원 소화기내과 교수실.

"3299의 상태는 어떻습니까?"

"최악입니다. AST/ALT가 950, 1054U/L이에요."

조상만 교수가 차트를 내보였다.

성인 남자의 AST정상 수치가 60임을 감안할 때, 950이란 수치가 나왔다는 건, 간이 완전히 기능을 상실했음을 의미했다.

또한 ALT 수치도 정상인의 열 배가 넘었다.

이미 내과적으로 손쓸 수 있는 범위를 넘어선 수치였다.

"후우, 상태가 너무 많이 안 좋군요."

"안 좋은 정도가 아니라, 과연 이 상태로 얼마나 버틸 수 있을지 모르겠네요. 총 빌리루빈(황달) 수치도 34.0mg/bl이에요."

정상인의 황달 수치 범위는 0.1~1.2mg/bl로, 무려 30배가 넘는 황달 수치였다.

3299는 지금 살아 있는 것 자체가 기적이었다.

"무엇보다 혈청 세룰로플라스민의 농도가 15까지 떨어져 있어요. 이건 간이 더 이상은 회복할 수 없는 상황에 있다는 걸 의미합니다."

"결국 간이식 말고는 방법이 없겠군요."

"그렇죠. 그것도 최대한 빨리 기증자가 나와야 할 겁니다."

"현재 치료는 어떻게 하고 있는 겁니까?"

"익스체인지 트랜스퓨전(교환수혈)을 하고 있습니다."

교환수혈이란 독성이 든 피를 빼내고 신선한 피를 수혈하는 걸 의미했다.

"그 밖에는요?"

"뭐, 별거 있겠습니까? 그저 글루코코로티코이드(스테로이드 호르몬), 프로스타글라딘(생리 활성 물질) 치료를 하고 있는데…… 그게 중요한 게 아니라 문제는 다른 데 있어요. 아주 문제가 심각합니다."

"문제요? 어떤 문제가 있다는 겁니까?"

"환자가 치료를 거부하고 있어요."

조상만 교수가 이해할 수 없다는 듯이 양 손바닥을 내보였다.

"네? 치료 거부요?"

"그렇습니다. 저혈당에 메타볼릭 액시도시스(대사성 산증)까지 있고, 브레인 에드마(뇌부종)에 의한 뇌압 상승이 심각한데, 약을 먹을 생각을 안 합니다. 마치, 죽으려고 작정한 사람 같아요!"

조상만의 눈가에 주름이 잡혔다.

"전혀 치료를 받으려 하지 않는다는 겁니까?"

"그렇습니다. 아마도 약을 먹는 척하면서 버리는 것 같아요. 게다가 치료에 굉장히 비협조적이라 우리가 애로 사항이 많습니다. 이런 식이면 이 환자 한 달도 버티기 힘들어요. 지금 프로트롬빈 타임이 최대치까지 늘어난 상황입니다. 아무리 생각해 봐도 이 환자, 살려는 의지가 없는 것 같아요."

후우, 조상만 교수가 고개를 내저으며 한숨을 내쉬었다.

프로트롬빈 타임이란 혈액응고 시간을 말하는 것으로, 보통 15초 안팎이 정상이었다.

결국, 프로트롬빈 타임이 현저히 증가되었다는 건, 혈액응고가 어렵다는 걸 의미했고, 혈액응고가 어렵다는 건 그만큼 출혈이 멈추지 않는다는 걸 의미했다.

위장관 출혈, 간 출혈, 그 밖에 다른 장기에서 출혈이 발생할 경우 수혈을 하지 않으면 죽는다는 걸 의미했다.

"그렇군요, 일단 제가 설득을 좀 해 보겠습니다."

"네, 그러십시오. 저희도 답이 없는 환자입니다. 어찌나 완강히 치료를 거부하던지 난감해 죽겠습니다. 치료라도 열심히 받아야 장기 기증자가 나오면 수술이라도 할 텐데, 이런 식이면 기증자 나와도 소용없을 것 같아요. 그 전에 죽을 겁니다. 아주 고집이 보통이 아닙니다."

조상만이 어이없다는 듯이 혀를 내둘렀다.

"네, 알겠습니다."

3299의 병실.

난 조상만을 만난 후, 곧바로 3299의 병실을 찾았다.

"몸은 좀 어떠십니까?"

한눈에 봐도 병색이 완연한 모습. 황달을 지나 얼굴이 시커멓게 변해 버렸고 유난히 광대가 튀어나와 더욱더 야위어 보였다.

"죽을 날만 기다리고 있습니다."

"그래서 치료를 거부하고 계시는 겁니까?"

"간이식도 못 받는데, 치료는 받아서 뭐 합니까? 그냥, 숨 붙어 있는 동안 먹고 싶은 거, 마시고 싶은 거, 실컷 먹고 갔으면 소원이 없겠습니다."

조상만 교수의 말대로 3299는 살고자 하는 의지가 없어 보였다.

"그러면 여러 사람 고생시키지 말고 당장 죽으십시오."

"네?"

"당신 같은 사람 치료하는 데 쓰라고 국민들이 세금 내는 것 아닙니다. 어떻게, 제가 지금이라도 그렇게 해 드릴까요?

주사 한 방이면 해결될 텐데, 바로 놔 드릴까요?"

"서, 선생님!"

내가 주사기를 집어 들자 3299가 당혹감을 감추지 못했
다.

"3299! 지금부터 내 말 잘 들으세요. 사람의 생명은, 저 같
은 의사도 3299 같은 환자도, 그 누구도 생사를 결정할 수
없습니다! 오직 신만이 할 수 있는 일이에요. 지금 3299의
행동은 신의 영역에 대한 도전입니다. 치료받으세요. 국민들
의 피와 땀으로 3299를 치료하고 있는 겁니다. 더 이상 국민
들께 부끄러운 짓 하지 마십시오."

"……죄, 죄송합니다, 선생님! 전들 왜 살고 싶지 않겠습
니까? 그런데, 지금은 살아갈 용기가 없습니다. 아들놈도 버
린 몸이 살아 뭘 하겠습니까?"

"안타깝지만, 기증자가 나오길 기다리는 수밖에요. 그러
니까 반드시 치료를 받으셔야 합니다. 간이식만 할 수 있으
면 이 병 고칠 수 있어요. 예전처럼 장기도 두시고, 좋아하는
목공 일도 하실 수 있습니다. 힘을 내십시오."

"네. 그나저나 한희 이놈은 이제 절대 안 오겠죠?"

3299가 고개를 숙인 채 나지막이 물었다.

"그건 기대하지 마십시오. 벌써 두 달째 연락이 없는 것으
로 볼 때, 아드님한테는 기대하지 않는 것이 좋겠습니다. 안
타까운 일이지만."

"나쁜 놈의 새끼! 어떻게 자기 아버지가 죽어 가는데, 이럴 수가 있는 겁니까? 정말, 이놈 안 오는 겁니까?"

"아마도 그럴 겁니다."

"후우…… 그럼, 이제야 안심이군요."

그제야 3299가 안도의 한숨을 내쉬었다.

다음 권으로 이어집니다

하북팽가 검술천재

이도훈 신무협 장편소설

정마 대전의 영웅, 무無부터 다시 시작하다!

목숨 바쳐 싸웠음에도
가차 없이 '팽' 당했던 광귀, 팽한빈.

현세와 작별까지 고했는데…… 어라?
눈 떠 보니 20년 전?
심지어 '하북 최고의 겁쟁이' 시절로 회귀했다?

[용안龍眼으로 구결을 확인하시겠습니까?]

흩어진 구결을 다 모아 비급을 완성한다면
하북 최강이 되는 것도 시간문제!
겁쟁이보단 망나니가 낫겠지!

팽가의 수치가 도, 아니 검술천재로 돌아왔다!

만렙닥터

13월생 현대 판타지 장편소설

리턴즈

**인생 2회 차 경력직 신입
칼솜씨도, 인성도 '만렙'인 의사가 돌아왔다!**

만성 인력난에 시달리는 흉부외과에 들어온 인턴
메스도 잡아 본 적 없는 주제에
죽을 생명을 여럿 살려 내기 시작한다?

"이 새끼, 꼴통 맞네."
"죄송합니다."
"잘했어!"
"네?"

출세만을 좇으며 살았던 전생
이렇게 된 이상 인생도 재수술 한번 가자!

**무데뽀(?) 정신으로 무장한 회귀 의사
이제부터 모든 상황은 내가 집도한다!**

南魔客帝 남궁마제

문운도 신무협 장편소설

회귀한 뇌왕, 가족을 지키기 위해
정파의 중심에서 제대로 흑화하다!

세상을 뒤집으려는 귀천성에 맞서 싸우다
가족을 모두 잃고 제물로 바쳐진 뇌왕 남궁진화
마지막 순간 원수의 뒤통수를 치고 죽으려 했으나
제물을 바치는 진법이 뒤틀리며 과거로 회귀하다!?

남궁세가의 양자가 된 어린 시절로 돌아온 후
귀천성이 노리는 자신의 체질을 연구하다 기연을 얻고
회귀 전과 다른 엄청난 미모와 함께
뇌전의 비밀마저 알아내 경지를 뛰어넘는데……

가족들에게는 꽃처럼 사랑스러운 막내지만
적이라면 일단 패고 보는 패악질의 끝판왕!
귀천성 패러잡기에 나서다!